美凶神 YIG 上

クトゥルー・ミュトス・ファイルズ
The Cthulhu Mythos Files

菊地秀行

創土社

目次

第一章

海妖の町へ

1

道は長いこと死んでいた。

かつては国道という名前がついていたが、それにふさわしい交通量を失ってから何年にもなる。ひび割れた黒いアスファルトとその間から芽吹《めぶ》いた雑草の緑が、その日はことのほか鮮やかなコントラストを見せていた。

朝から雨だった。

国道の左方に広がる鉛色の海が見通せないほど強くはなく、空と海との端境《はざかい》を見極められるほど弱い降りでもなかった。

だから、その女がやってきたときも、かなり遠く――三〇メートルほど南で蛇体《じゃたい》みたいにくねるカーブを彼女が曲がれば、すぐわかったはずなのに、トラックのタイヤに腰を下ろして、天を見上げている移木《うつりぎ》が気づいたのは、雨にけぶる肢体《したい》が、一メートルほど手前で立ち止まってからだった。

「はン？」

と二五歳にしては、やや老《ふ》け気味の顔を上げ、眼をしばたたいて、曇《くも》りを落とそうと努めた。

それから、気がついた、人影は輪郭《りんかく》さえも灰色にけぶっているが、その他は、歪《ゆが》んだガードレールも、白く砕ける波も、海とは反対側にそびえる青黒い断崖《だんがい》の岩肌も、網膜《もうまく》は鮮明に映している。

「何だ、こりゃ？」

つぶやいて、もう三回、瞼《まぶた》を上下させても、世界は変わらなかった。

戦慄《せんりつ》が背骨に氷のスパイクを打ちこんだ。

こいつは、ひょっとして。――まさか。

この辺の海も陸も、あいつらは出現しないことになっている。いわゆる、〝安全地帯〟だ。だからこそ、トラックをとばしてきたのに。

やめてくれ。

もう二度と、あいつらには会いたくない。

「あなた――運転手？」

確かにこの国の言葉でそう言った――と理解する前に、別の戦慄が脳天から股間《こかん》を直撃した。

女の声だ。それも、信じられないほどセクシーな。

だが、――声の主は変わらず雨にけぶっていた。

「運転手？」

もう一度訊かれた。

「あ、ああ」

「そのトラック――動くの？」

影は――女の影は身じろぎもしなかったが、移木には、それがいつの間にか、自分の後ろから頭上を見上げたのがわかった。

つぶれたドラム缶みたいなタイヤのひとつに腰を下ろし、頭上にせり出したもうひとつで雨を防ぐ――横倒しになったのは仕方がないとして、せめて、荷台を道路側に向けて倒れてくれれば、もう少し凌《しの》ぎやすかったものを。

「そら、まあ。――ＪＡＦのクレーン車か何かがやってきて、もとの姿勢に戻してくれればな」

と答えた。

「ガソリンはあるの？」

女の声は、ひと言ひと言が、まるで金鈴《きんれい》の鳴るように、移木の耳に響いた。

「ああ。大八木《おおやぎ》市のガソリン・スタンドはちゃんと営業していたからな。まだ、満タンに近いぜ。近くても、どうにもなりゃしねえが」

「故障はない？」

「横になっただけだからな。油も漏《も》れてねえ。おれの感じでは無傷だ」

「どうして、元に戻さないの？」

「パンクしたんじゃねえんだよ、あんた。もう半日になるが、別の車は一台も通らねえ。おれはこんな雨ん中を傘《かさ》もささずに歩くほど、仕事熱心な運転手じゃねえんだ」

「仕事は——人運び？　三鬼餓《みきが》の町へ」

「冗談だろ。一〇〇万貰っても、あんなところへ行くほど生命《いのち》知らずじゃねえよ」

軽くいなしてから気がついた。

「——あんた、まさか、あそこへ？　それこそ、冗談だぜ」

「じゃなくて、残念だったわね。——二〇〇万じゃ不足？」

「やめてくれ。この話はこれっきりにしよう」

「三〇〇万」

「いい加減にしてくれよ。一億積まれてもお断りだ」

「一億一〇〇〇万でも駄目《だめ》？」

「あかんべえ、だ」

と舌を出してから、移木はふと、男らしい、或いは男にあるまじき一計を案じた。

「ものは相談って知ってっか？　お姐ちゃん——魚心《うおごころ》あれば水心《みずごころ》ってのは？」

「きいたことがあるわ」

「なら、意味は知ってるな。こんなところを、ひとりで歩くような女だ。かたぎじゃあるめえ。——どうだい、雨ん中でしっぽりと」

舌舐《したな》めずりして、次の言葉をすくい取り、おぼろな影を見上げる顔は、好色《こうしょく》そのものであった。

「そのだらしのない髭《ひげ》を剃《そ》って、あと二〇キロ太ったらね」

女は怒った風もなく言った。何となく疲れているような響きがある。雨の中を長いこと歩いてきたのだろう。しかし、姿も見せない女というのは、怪物じみた人間ばかりを箱に詰めたような現在《いま》のこの国でも珍らしい。

「行くのが嫌なら、運転だけ教えてちょうだい。車は買い取るわ」

移木は剥《む》きかけた眼を何とか普通のサイズにとどめて、

「あんたなあ、運転を教えるのも、買い取るのもいいけどよ、まず、ひっくり返さなきゃ車は走らねえんだぜ」

「そうすれば、今の条件を呑むのね」

「まあ、な」

なぜ、こんな曖昧《あいまい》な返事をしたのか、移木にはわからない。予感があったのかも知れない。

人影の輪郭が滲《にじ》みを突出させた。

それは明らかに手であった。そこから車体へとのびたのは、赤いチューブ様の一線であった。うなりをたてて車体のどこかに巻きついたそれが、ぐいと引かれた。移木には、影が上げた右手を引いたとも見えなかった。それなのに、引かれたと感じたのは、頭上の大質量が音もなくのしかかってきたためであった。

まさか、太さ五ミリもあるとは思えない一本のすじが、二トン・トラックの巨体を一気に元の姿勢に復元させるとは。

「わあああ」

悲鳴を上げて突っ走る移木の真後ろ――五〇センチのところにタイヤが落ちた。震動が路面をゆすりつつ四方へ広がっていく。

風圧に押された雨が旗《はた》のように翻《ひるがえ》って、移木の全身を別の方向から叩いた。

反対側のガードレールまで走って、ようやくふり向いたとき、赤いチューブはすでに消えていた。女がたぐり寄せたものだろう。

「一体、何なんだよ、あんたは？」

問いに怯《おび》えが混じった。輪郭のみの女が、単にそれだけの怪人ではないことに、移木はようやく気がついた。

雨が降る。世界はけぶる。

そんな中で、この女は何処《どこ》へ何をしに行こうというのだろう。

「運転を教えなさい」

女の声が、半ば自分を失っていた移木に喝《かつ》を入れた。ついでに別のものも吹きこんだ。

「いや、その。あんた、そりゃあ」

滲む影に向かって、

「いくら何でも、トラック一台タダで持ってく気かい？　それに、トラックは乗用車とはちがう。一、二時間じゃ運転できねえよ」

「約束よ」

「チャラにしようや。その代わり、三鬼餓の町の近くまで送ってやるよ。花垣台《はながきだい》。あと五キロだ」

「三鬼餓まで、そこから三〇キロあるわ」

「きっと、別の車が通りかかるさ。さ、どうする？」

滲む影は答えない。

「――わかった。じゃ、おれ、これで行くわ。別の車を待ちなよ、な？　実は結構急ぐんだ」

一方的に手をふって、移木はトラックへ走り寄った。必ずしも冷たいわけではない。この女が、どうにも不気味《ぶきみ》で仕方がなくなったのである。

当節、おかしな奴らは多いが、三鬼餓へ行きたいなどと言い出すと、これはもう、何とか沙汰《ざた》としか言いようがない。

ただし、移木自身は気がついていなかったが、彼の感じる不気味さは、おかしな奴らのそれとは根本的に違っていた。だからこその戦慄であった。

いつ、女が後を追ってくるか、ドアを閉めても気が気ではなかった。

エンジンがスムースに回転したときは、心底、ほっとした。

走り出してすぐ、ぼやけた女のほうへ眼をやった。

一歩も動いていないように見えた。

顔もわからず、真理のように曖昧に滲んで——それは、ひどく孤独な姿だった。

束《つか》の間《ま》、胸の裡《うち》にかすかな痛みを感じたが——

「あばよ」

聞こえたか聞こえないくらいの声で別れを告げ、移木は大きくアクセルを踏みこんだ。

少し走ってから、サイド・ミラーをのぞいた。

佇《たたず》む影はぐんぐん遠去《とおざ》かり、降りつづく雨の紗《しゃ》に溶けた。


五分で分かれ道に出た。道なりに行けば、崖を廻って七雲《なぐも》市まで五〇キロ、まっすぐ進めば、三〇キロで三鬼餓の町だ。

頭の中に、ある数字が浮かび、移木は大きく身を震わせた。

「一五日か。くわばらくわばら、こんな日にあそこへ行くなんて、考えただけでもぞっとするぜ。だが、かなり――わお⁉」

心底からすくみ上がって、移木はハンドルを右へ切った。

いつの間にか、直進しようとしていた。怖いもの見たさなのか、それとも彼にも理解し難《がた》い、不可思議な無意識の技か。自分という人間の妖《あや》しさに、移木は震え上がった。

だが、右折しかけた車は、すぐにブレーキを踏まねばならなかった。

太い杭《くい》の組み合わせに鉄条網《てつじょうもう》を絡《から》みつかせたバリケードが、道をふさいでいたのである。

「〝ライダー〟どもか⁉」

怖るべき名詞が口を突き、ブレーキがけたたましい叫び声を上げた。

これくらいのバリケードなら、楽につぶしていける。ブレーキを踏ませたものは、鉄条網のあちこちにぶら下がった、単三乾電池《かんでんち》大の物体だった。爆薬だ。先端についた接触信管は、トラック・ドライバーの教習課程でまず叩きこまれた形を正確に守っていた。

街道強盗団――通称〝ライダー〟どもが最も良く使用する爆薬で、人間の手足の一本くらい楽に吹きとばす威力がある。名古屋の暴力団組織が工場で大量生産し、〝ライダー〟たちに流しているそうだが、近頃は一般市民も自衛用に使う。

――近くに奴らが？

舌打ちしたときは遅かった。

カーブの向こうから一〇人近い男たちが路上に広がったのである。

旧ソ連のＡＫ47、米軍のＭ16Ａ２、旧式もいいところのＭ３グリースガン——様々な国籍の武器に混じって、拳《こぶし》がすっぽり入りそうな大口径の武器——Ｍ72Ａ２ロケット砲が、移木の眼を死の磁力で引きつけた。

いくら二トン・トラックでも、車体の半分を吹きとばされては致し方がない。バックも間に合うまい。

「下りろ」

とひとりだけ、Ｍ16を肩からぶら下げっ放しの男が喚《わめ》いた。張ち切れそうな黒い革ジャンの下の身体は、見事な二段腹であった。太い皮ベルトの右にはカーキ色のホルスターに収まったベレッタＭ92Ｆのグリップが見えている。

他の男たちも米軍のものらしいホルスターにベレッタやコルトＭ１９１１Ａ１、グロックの10ミリＧ40、シグ・ザウエルＰ２２０等、新旧取り混ぜた拳銃を収めていた。コンバット・ベストの胸から手榴弾《しゆりゆうだん》をぶら下げている人間爆弾もいる。

移木はダッシュボードへ手を差しこみ、ブローニングのＭ１９１０／八連発を掴《つか》んだ。二年前福岡の故買《こばい》屋で買った護身用だが、使ったことはない。

〝ライダー〟どもが、性質《たち》の悪いほうだというのは、ひと目でわかった。例外なく凶悪で荒《すさ》み切った表情が、浅黒い肌にこびりついている。大人しく従っても、虫ケラのように射殺され、海へ放りこまれるだけだ。飛騨で強行突破を計った一家は、両親から七歳の子供までナイフで切り刻まれた上、瀕死《ひんし》の状態で全員が犯されたという。

2

一〇年前、あの事件が起こって、世界がこんな風になってしまってから、犯罪者集団は、ほぼやりたい放題だ。学者は「現象」というが、一般市民はみな「事件」ないし「事変《じへん》」と呼ぶ。

何より、地震や津波《つなみ》で各地の交通網が寸断されたのが痛い。ただでさえ都市部での犯罪増加にてんてこ舞いの警察は、片田舎《かたいなか》までは到底眼が届かず、バイク等、機動力を有する無法者たちの横行を許す結果になった。

現在でこそ、ようやく、初期の六割ほどに回復したが、通信網の混乱も、未曾有《みぞう》の大混乱に拍車をかけた。全国的な電話回線、無線連絡等の不通は、今なお原因不明だ。しでかした犯人はわかっているが、手段は不明のままだ。犯人を捕まえようがないからである。

「おかしな真似《まね》をするなよ」

とリーダーがまた叫んだ。

「拳銃やライフル一挺《いっちょう》じゃ、おれたちに勝てっこねえ。大人しく身体検査をさせりゃあ、生命まで取ろうたあ言わねえよ」

「金目《かねめ》のものなんざ何もねえ。財布ならいま放《ほう》るよ」

移木はマイクを口もとにあてて応じた。声はスピーカーを通して外の連中に届くはずだ。危険と思《おぼ》しい相手と近づきすぎずに会話するために、今ではほとんどの車が備えている仕掛けだ。

「財布に一万円、車のシートの下に金塊《きんかい》がゴマンってこともあるんでな。五つ数える。その間に下りろ。でねえと、一発熱いのをブチこむぞ」

ここにおいて、移木は降伏《こうふく》した。旧式のブローニング一挺で、一〇人近い重装備の強盗団とやり合えるはずもない。生命があってトラックさえ無事なら、いつか取り返せるかも知れない。そんな見込みはゼロに近かったが。

道路へ下りるや、男たちが取り囲んだ。

「探す手間《てま》を省《はぶ》いてくれ。――金目のものは何処にある?」

とリーダーが訊いた。

「ねえよ」

と移木がそっぽを向いた途端、息が止まった。ＡＫ47の木製銃床《じゅうしょう》を食らった鳩尾《みぞおち》が声のない悲鳴を洩《も》らしてのたうち廻る。移木の身体もそれに随伴《ずいはん》した。

「しゃべるときゃ、相手の顔を見ながらにしな」

とリーダーが、ＡＫ47をふり上げた子分を制して言った。

「きっと、ロクなものはありませんぜ。――財布の中味は万札三枚きりだ」

別のひとりが軽蔑《けいべつ》し切った声で告げ、笑い声が噴き上げた。

何人かがトラックの運転席を荷台に駆け上がり、じき、

「荷物はゼロです。車しかありません」

「こんなでかいのを持ってっても動きを鈍《にぶ》くするだけだ。こりゃあ、おれたちの役に立つのは、ひとつしかねえな」

リーダー以下全員が、路上で呻《うめ》く移木を見下ろした。みな同じ眼つきをしていた。異常者の眼であった。

二人が移木を引き起こし、三人目がガム・テープで手首と足首の自由を奪うと、トラックの右前輪にもたれさせた。

移木を怯えさせたのは、男たちの無表情と、異様に秩序だった動きだった。いったんどこかへ引っこんだリーダーが、葡萄《ぶどう》色のガウンらしきものをまとって現れたとき、それは絶頂に達した。

リーダーはカーリー・ヘアのてっぺんに生物らしきものを象《かたど》ったと思しい真鍮《しんちゅう》製の冠《かんむり》を戴《の》せていた。

意識しないうちに、言葉が移木の唇《くちびる》を割った。

「それは――おまえら……信者か？」

「その通りだ。おまえは偉大なる我らの神にその身を捧《ささ》げる栄光を得た。おれたちと神に感謝して御元《みもと》へ行け」

「やめろ」

真の狂気を男たちの貌《かお》の中に認めて、移木は絶叫した。

「おれなんざ捧げても、おまえらの神は喜びゃしねえよ。こここんなに痩《や》せてちゃうまくねえだろ。な、やめてくれ」

声を止めたのは、頭かちぶちまけられた液体であった。鼻を突く、ひどく馴染《なじ》みの臭い――ガソリンだ。

「ングンアイ・ゾルル、ソトスング、ングンァツ……」

リーダーは奇妙な呪文《じゅもん》を口にした。どう聞いても、人間の発声器官には無理な音を、無理矢理絞《しぼ》り出しているような響きであった。

「偉大なる神よ、いま、不浄《ふじょう》なる肉体の持ち主を御元へ送ります。限りなく深い御心《みこころ》の慈悲をもて、汚れた肉体から魂《たましい》を救い出し、下僕《しもべ》の任におつけ下さい」

リーダーがガウンの内側から百円ライターを取り出すのを見て、移木は絶叫した。

「おまえらの神は水の中にいるはずだぞ、ルルイエに。――おれを焼いてどうする？」

「これが正しいやり方だ」

リーダーの手もとに小さな炎が点《とも》った。

もとは、南洋の島々で生じた原始宗教だったという。それが、アメリカの東海岸――ニュー・イングランド地方に上陸し、ある港町を拠点《きょてん》に全米に広がって、いま、この国にまで。

一〇年前——移木は心底、この年を怨《うら》んだ。

剥き出された両眼に小さな炎が滲んだ。それがいっぱいに広がったとき、彼は絶望の叫びを放った。

「やめろ——やめてくれ、クトゥルー！」

必死の叫びに打ち据《す》えられたかのように、混乱が男たちを襲った。

男たちの背後から吹きつけていた雨と風が突如《とつじょ》、方向を変え、面と向かって彼らを叩きつけたのである。

炎は消えた。リーダーは何度も点《つ》けようとしたが、石は火花さえ弾《はじ》かなかった。

天空から怒号《どごう》のごとき風のうなりとともに、凄《すさ》まじい笑い声が降ってきたのはその刹那《せつな》であった。

女の声だ。だが、何という凄惨《せいさん》さ、艶《あで》やかさか。

それは万物《ばんぶつ》を風雨《ふうう》で塗りこめんとする天魔の哄笑《こうしょう》であり、太陽と月とを絢爛《けんらん》と支配する豊穣《ほうじょう》の女神の艶《えん》笑《しょう》であった。

それらをともに合わせ持つもの——それは、人間の意識がついに想像もできなかった真の〝神〟にちがいない。

突然、雨が爆発した。

地鳴りのごとき音を発して跳び散ったのである。ひとすじの雨線《うせん》も走らず、風さえも熄《や》んだ。

世界の状況は、あり得ないものに変わった。

茫然《ぼうぜん》と周囲を見廻す男たちの眼が、一斉《いっせい》に移木に据えられ、大きく見開かれた。

彼らが自分にあらず、背後――トラックの後尾に何かを見つけたと移木が察したのは、次の瞬間だ。

身をよじってそちらを向いた。

後輪の横に女が立っていた。

雨に滲む孤独な影法師はいなかった。

移木はあんぐりと見境いなく開く口を意識した。

腰まで下りた黒髪は、無雑作《むぞうさ》といえたし、首から腰まで絡みつくようにまとった、メキシコのポンチョを思わせる紺青《こんじょう》の布も、その鈍い光沢《こうたく》はともかく、決して華々しいイメージを持つとはいえなかった。その端《はし》からのぞく脛《すね》から下は、黒いレザー様のタイツに包まれていた。革製らしいサンダルの表面が、鈍くてらついている。

剥き出しの両腕は雨に濡《ぬ》れて白くかがやき、右手首に巻かれた黄金の腕輪の中で、それ自体光を放っているかのように妖しく光る玉が、移木の眼を引いた。

後は――首から数重に垂《た》れた、色とりどりの石をつないだネックレス以外、身にまとっている品はない。

だが、この女に装飾品は必要なかった。

髪の毛に左半分を覆《おお》われたその顔の美しさよ。

静かな光を放つ黒瞳《こくどう》を見ただけで、男たちの全身から凶気が失せ、美を理解する精密機械が引いたような鼻梁《びりょう》の曲線と、その下のうすい唇とが、凶暴な口をだらしなく開かせた。

いま、天空から蓮華《れんげ》のような笑い声をふり撒《ま》いたのはこの女か。

美しさからいえば他も匹敵する者はいるだろう。だが、艶やかさがちがう。絢爛さが遠い。

忽然《こつぜん》と現れた美女の全身からほとばしるのは、凄惨ともいえる鋼鉄《こうてつ》の鬼気《きき》であり、男たちを束の間の喪心《そうしん》から我に返したのもそれであった。

「なんだ、おめえは？」

常套《じょうとう》的な質問を発したリーダーの表情にも、淫心《いんしん》の代わりに緊張と――怯えが震え、男たちは武器の銃口を向けた。身に寸鉄《すんてつ》も帯《お》びぬひとりの女に。

女はひとこと口にした。

リーダーが眉をひそめて、

「――イヴ？」

とつぶやいた。

それは答え――名前なのだろうか。

顔を見合わせる男たちへ、

「トラックの運転ができる者はいる？」

およそ、状況と不釣り合いの間抜けな問いにも笑うものはなく、ようやく男たちのひとりが、

「おめえ、おれたちが誰だかわかってんのか？」

不思議で堪《たま》らんという表情で訊いた。

「いいえ。——あなた、できるの？」

「はーい」

女——イヴは顔を声のほうに少し曲げてそっぽを向いた。

つくり笑いを消して、移木はすがるように、

「おれならできるぜ。わかってんだろ。どこへでも一時間以内に連れてってやるよ、な、助けてくれよ」

「少し遅かったわね」

とイヴは冷ややかに言った。

「候補者はこんなにいるわ——みんな、体格のいいこと」

こういう男たちを前にして、美女が口にすべき台詞《せりふ》ではなかった。だが、誰ひとり、ふさわしい反応を示すものはない。好色さを刺激するどころか、何とも不気味な肌寒さを味わわせるものが、女の口調にはあった。

「ひとりでいいのよ。——運転のできる人」

「だから、ここにいるって」

思いきりジャンプして自己主張する移木を、もう一度、冷たく見やって、

「そうね。他に志願者がいなければ。——心を入れ替える？」

「もちろんだ！　一生、忠誠《ちゅうせい》を誓うぜ」

「本当に？」

魂の底まで見透《みす》かすような瞳のかがやきに、移木は、むしろ陶然《とうぜん》となった。声は意志とは別に出た。

「本当だ、本当！」

叫びながら疑念が湧《わ》いた。こんなにも早く追っかけてこれたなら、トラックなんざ必要ねえだろうが。それと、どうやって追っかけてきやがった？

「あなたたちには志願者がいないようね」

とイヴは男たちへ言った。

「彼はいただいていくわ。トラックも」

「おめえ、おれたちが何をしてる途中か、わかってるんだろうな？」

リーダーが呻くように言った。

「ご大層な田舎者のお祭りね。マサチューセッツでも、もう少し、ましだったわ」

男たちがざわめいた。

「おめえ――あっちにいたのか」

「ええ。暗くて深い森の奥に」

この奇怪な返事に、男たちが棒立ちになったとき、イヴの白い手が横にのびて、移木の肩を掴んだ。

次の瞬間、気が遠くなったのは、肩から何を感じたのか。

くねくねと蛇のように崩《くず》れる彼を見ようともせず、イヴは男たちを見据えた。

「生け贄《にえ》を黙って行かせるつもりはないでしょうね」

「あたりめえだ」

リーダーはM16を構え直した。無数の銃口はすでに美女の全身に狙いをつけている。引き金にかかった指に殺意の意志が加われば、美女の肉体が四散分解するまで三秒とかかるまい。

「おれたちの神は、いつだって――」

無意識のうちに、リーダーは額《ひたい》の冠に手をやった。

「不細工《ぶさいく》ね」

イヴがにやりと笑った。

「あいつの頭は蛸《たこ》のように丸くないわ。槍烏賊《やりいか》みたいに尖っているのよ。髭の数も多すぎる」

リーダーが低く呻いて左胸を押さえた。瞬間的に心臓が停止したのである――驚きのあまり。

男たちの眼の前で、美女は別人に変わったようであった。

「おまえは――おまえは――神に会ったことがあるのか？」

これだけを言い終えるのに、リーダーは一〇数秒を要した。歯ががちがちと鳴った。

「ええ――何度もね」

イヴは別の笑いを見せた。

「よく知っているわ。私が生まれる前から、ね」

3

移木は完全な失神を遂《と》げていたのではなかった。強烈な宿酔《ふつかよい》状態に似ている。その間のことは――醒《さ》めると忘れるにしろ――よく覚えている酔っぱらいが多いように、彼も周囲の出来事を、もっぱら聴覚――耳を通して、比較的良好に認識していた。眼はアウトだった。瞼を開いただけで世界中が廻り出す。もっとも、閉じていても、あまり変わらなかったが。

その聴覚認識によれば――

生まれる前云々《うんぬん》のイヴの言葉が終わると、明らかに恐怖と戦慄による間を置いて、

「おめえさん――一体、何者だ？」

地を這《は》うようなリーダーの声がきこえた。

女が答えた。名前の繰り返しだった。愛想のねえ女だと思った。

「おめえさんも、あれか？　おれたちの、それとも、ダゴン秘密教団の？………」

「敵」

これほど素《そ》っ気《け》ない決定的な表現があるだろうかと、移木は呆《あき》れた。

〝ライダー〟どもも同じだった。ワンテンポ遅れて、

「殺《や》っちまえ！」

リーダーの絶叫の尾を、凄まじい銃声が殴り消した。

地べたへ這いつくばった移木の身体を衝撃波が叩いた。頭上でけたたましい金属音が鳴った。

トラックの車体に弾丸の当たる音であった。不思議と跳弾《ちょうだん》の恐怖は感じなかった。自分の前か上に倒れる女体を、移木は予想した。

それは永久に来なかった。

数秒で銃声は途切《とぎ》れた。

「何だ、こいつは!?」

と誰かが引きつるような声を上げた。

「当たっても死なねえぞ！」

「馬鹿野郎、射《う》て」

再び雷鳴が空気を震わせた。硝煙《ガン・スモーク》の匂いが空気に満ちる。

それから起きたことは、移木にもよくわからない。

記憶を再現すればこうだ。

不意に銃声が乱れた。男の悲鳴が上がり、足音がせわしなく交錯《こうさく》する。

イヴが跳びこんだのかと思った。

異様な音をきいた。後で考えたことだが——瞬時に肉と骨が弾けとぶような。

重いものが路上に転がった。幾つも転がった。音が近づき、移木の顔の前で止まった。開けたくなかったが、何とか瞼を上げてみた。

男の顔だった。白眼を剥いている。形容し難い表情が移木を戦慄させた。絶命の顔であった。

うんざり気分で移木は眼を閉じた。一〇年前から見慣れている。その耳に、また別の音が届いた。半失神状態の身体が一瞬、我に返った。どっと汗が噴く。脂汗《あぶらあせ》であった。

凄まじい悲鳴がそれにつづいた。身の毛もよだつどころか、死人さえ墓から跳び出しかねぬ絶叫であった。

「近づくな——来るな！」

リーダーの声だな、と移木はぼんやり考えた。今なら何が起こってもおかしくはない。あの女が現れた瞬間から、おれたちは別の世界へ迷いこんじまったんだ。

短い銃声が三度鳴った。ひどく空しい響きは虚空《こくう》へ吸いこまれた。

喉《のど》が裂《さ》けそうな叫びだけがつづいていた。

「やめてくれ。来るな。——ねえでくれ」

急に途切れた。

あの音がした。リーダーと彼を半狂乱にした音が。——水泡《すいほう》の溢《あふ》れる音に似ている、と考えたのを最後に、移木は意識を失った。


「着いたぜ」

前方に瓦《かわら》屋根の家並みが見えてきたところで、移木はブレーキを踏んだ。

「町の入り口だ。歩いても一〇分とかからねえ。下りてくれ」

「駄目よ」

とイヴが言った。助手席である。おかげで、あの分かれ道を三鬼餓町のほうへと走り出してから、移木は総毛が立ちっ放しだ。

見えない氷の塊《かたまり》がそばにある、と言えば簡単だが、氷は精神まで凍《い》てつかせはしない。

「もういいだろ、勘弁してくれよ。おれは久遠《くおん》市のほうへ行きてえんだ。それから関東へ行く。日本海側は寒いから苦手なんだよ」

「私もよ」

と美女はポンチョを右肩のほうに引いてから、

「約束」

と言った。

「そらま、そうだけどよ、あンときゃあ、特別な状況だったじゃねえかよ。生きるか死ぬかの瀬戸際《せとぎわ》じゃ、誰でもおれみたいに答えると思うぜ」

「それでも約束よ。守らないのなら」

真冬の鏡みたいな声に、移木は震え上がった。

失神から醒めてからの記憶が、急降下する体温に輪をかけた。

全身をはたくような悪寒《おかん》で眼が醒めた、トラックの前輪にもたれかかっていた。切断されたテープが手首と足首とにまとわりついている。異様に鮮やかな切り口であった。どんなに切れ味のいい刃物を使っても、それだけではこうはいかない。斬撃《ざんげき》の天才の技倆《ぎりょう》が加わったのだ。

悪寒の名残《なご》りが首すじに残っていた。手を触れると、冷たい粘液《ねんえき》の感触がこびりついた。鼻をつくガソリンとは違って無臭だ。

手の甲でそれを拭《ぬぐ》いながら、移木は見下ろしている女を見上げた。

顔にも衣裳にも傷ひとつないのを不思議と思わなかった。眼のせいか、少し太ったようにも見える。

眼が合った。すぐにそらした。イヴの瞳には移木の姿が映っていた。それだけだ。侮蔑《ぶべつ》の色でもあれば、まだ救われたろう。言いようのない虚《むな》しさが移木の腹に黒い洞窟《どうくつ》を生じさせた。

「約束よ。――三鬼餓の町へ連れていってちょうだい」

イヴの声も虚《うつ》ろに響いた。気力が戻るまで一〇秒近くかかった。

なぜ、こんな問いが浮かんだのかわからない。

「──あいつ、最後に──何て言ったんだ？　何とかしないでくれって。──あれは──の」

言葉の内容に合わせて、移木の眼はイヴの背後を追った。

路上には、絵具《えのぐ》をぶちまけたように真紅《しんく》の色が広々と広がり、〝ライダー〟たちの姿は跡形《あとかた》もなかった。血の海だ。その中に、鈍色《にびいろ》のかがやきが点々と散っている。──銃器だった。

「どこへ行った？」

と訊いた。

「逃げたんでしょう」

「でしょう、って──あんたなあ、あいつらが武器を捨てて逃げるはずねえだろ。どうなったんだい？」

「さあ。気がついたら、いなかったわ」

怒った風でもないのが、これ以上、何を言っても無駄なような気にさせた。

背後のタイヤに背を当て、両足に力をこめて、移木は徐々に立ち上がった。

骨の髄《ずい》に悪寒の残滓《ざんし》がまだ絡みついているが、じき消滅するだろう。それよりも、まず考えるべきは──どうやって、この女から逃げるか、だ。

とりあえず、三鬼餓の町まで送り届けるのは仕様がねえか。一応、生命の恩人《おんじん》でもあるしな。

それから、まっしぐらに久遠市へ吹っとばし、ホテルの熱い風呂に飛び込むんだ。なに、一二〇でとばせば、夕方までにゃ着けるさ。

そして、現在《いま》――だった。

記憶が戦慄の終止符を許さずにいる。

「わかったよ」

移木はあきらめた。〝ライダー〟どもと同じ運命を辿《たど》りたくはなかった。消えたくはなかった。

「そのかわり、あんたを好きなところで下ろしたら、おれは失礼するぜ。あんな物騒《ぶっそう》な町、絶対に長居はしたくねえ」

「物騒？」

イヴは移木の顔から眼を移して、雨に煙《けむ》る家並みを見つめた。

「どうして？」

「あんた、それも知らずに三鬼餓へ行こうってのかい!?」

移木は絶句した。驚くよりも呆れ返ったのである。それが希望に変わるまで、大して時間はかからなかった。彼は身を乗り出し、意気込んで話しはじめた。

「この町の外れに、王港岬《おうこう》ってのがある。その突《と》っ先にヨーロッパから直々《じきじき》に石を運んでこしらえた洋館があるんだよ。いや、見た奴はみんな城っていうぜ。苔《こけ》の着き方や石の欠け具合、建った土地全体から立ちのぼる妖気からして、どえらく古い城だってな。そこの主人がよ、用心棒を募集したわけだ。スポーツ紙にでかでかと載ったし、全国ネットのＴＶスポットにも流れたぜ。瑠々井《るるい》とかいう八〇代の爺さんでよ、金《かね》は腐るほどあるらしい。なにせ、ＴＶで金塊《きんかい》の山を公開したらしいからな。募集理由は、あいつらの侵寇《しんこう》から世界を守るため、さ。爺さんは子供の時分から黒魔術だの、占星術だのの研究家で、どうやら、あいつらをこの世界から撃退するためのいい方法を発見したらしい。まあ、同じような救世主は、この一〇年間で世界中に何万人も出現してるがよ。とにかく、その方法を完成するためには、少々時間がかかる。それをあいつらが嗅《か》ぎつけたらしいんだ。あんた知ってるかどうか、三鬼餓の町は、港町のくせに一応は安全地帯だ。海のあいつらばかりじゃなく、見えないあいつらの力も及んで、いわば、一種の緩衝《かんしょう》地帯をつくり出してるんだな。だからこそ、瑠々井も内緒でそんな研究に励《はげ》んでられたんだが、バレちまった以上、海の連中が黙ってるはずあねえ。そこで——用心棒よ」

「なるほどね」

女の返事のあまりの素っ気なさに、移木は本気で憎悪を感じた。こいつ、やっぱり、知りくさってるんだ。むきになって、

「気ィつけなよ。あいつらを相手にしようって奴らだ。まともな神経の持ち主じゃねえ。瑠々井が必要だと言ってた人数は五人。報酬は一日に三〇〇万円相当の金の延べ棒一本。——噂じゃ一〇〇人以上が集まってる。二〇人にひとり——大層な確率だな。どんな汚い手を使ってもって気にならねえほうがおかしい。もう大方《おおかた》の決着はついてるだろうよ。何てったって、応募期限は今日の昼までだからな」

「へえ」

「へえって——あんた、そのつもりで来たんじゃねえのか？」

「いいえ」

「そうかい。——ま、おれにも、どっちかよくわからなかったんだ。とにかく、気ィつけなよ」

とは言ったものの、イヴの「いいえ」がそのつもりなのか違うのか、まだ判然としない。

「用心棒って、海の奴らと互角に戦えるの？——ダゴンやクトゥルーと？」

移木は、おお、と呻いてシャツの襟《えり》を合わせた。油に汚れた分と替えた新品だ。

「ひとつ忠告しとく。——まともな人間扱いされたかったら、その名前は口にしねえこった。飯が食えねえくらいで済みゃあいいが、半殺しにされるぞ」

女はうすく笑った。

「ご忠告ありがとう。——では、行って」

「オーケイ、レッツ・ゴー！」

アクセルを踏み込みざま、移木は絶叫した。自暴自棄であった。

トラックが入ってすぐ、町は奇怪な様相を呈しはじめた。

もとは、人口一〇〇〇に満たない漁師町である。一〇年前のあの出来事以降、「海辺の安全地帯」として、幾ばくかの流入はあったものの、流出も多く、トータルでは現状維持と役場の調査書類にある。

風景自体にさして異常な点はない。家並みも道路も平凡な田舎町そのものだ。一〇年間の荒涼と凄愴《せいそう》を考えれば、傷《いた》み傾《かたむ》いた民家も、埃《ほこり》っぽく雑草が根を張った道路も、まだ、まともといえる。陰々と降りそぐ雨の醸《かも》し出す雰囲気《ふんいき》も、他の町と大差はあるまい。

だが、ここは特別だ。

道をゆく人影は、トラックに気づくや、泥はねもあり得ないアスファルトの上で、近くの雑貨店や空《あ》き家《や》の内部《なか》に跳びこみ、それができないものは、さっさと背を向けてしまう。無言で通りすぎる通行人もいないではないが、すれちがいざま、ちらりとトラックを見る表情には紙のように生気がなく、眼ばかりが燃えている。

——憎しみに。

「住んでる奴らのほとんどがこうさ」

と移木は、横目でイヴを見やった。彼はわざわざ、身の毛がよだつ真似をしでかしたのであった。

イヴは微笑していた。これから起こる運命が楽しくて堪《たま》らないように。移木は震えた。彼が見たものは、美しい、血に飢《う》えた鬼女《きじょ》の笑いだった。

第二章　凶人集合

1

トラックはすんなり、ホテルへ着いた。

町の規模や雰囲気からすれば、驚くに値する広さと外見を備えていた。三階建て五〇室はある。

「分不相応じゃなくて？」

「まったくだ」

と移木は説明を開始した。無知な人間に知識を与えるのは嫌いではなかった。

「世界がこんな風になる少し前、この町にゃ狂ったみたいに栄光の時期が押し寄せたんだ。他がどんな不漁でも、この町の沖だけは腐るほど魚が獲《と》れた。しかもよ、他所《よそ》の連中が喧嘩《トラブル》覚悟で荒らしにやってくると、どういうわけか、そいつらの船だけが転覆《てんぷく》だの沈没だののしちまうんだな。乗ってた奴はひとり残らず行方《ゆくえ》不明さ。どっかに流れ着いたってニュースもねえから、海ん中で漁場を守ってる連中に引きずりこまれちまったんだろう。噂じゃよ、沖にある岩礁《がんしょう》の近くで、月の明るい晩、人間とも魚ともつかないものが集団で泳いでいるのを目撃されたことがあるんだが、その中に何人か、海に呑まれたはずの奴らが混じってたって話だ。うえ、ぞっとするぜ」

説明を絶やさずに、移木は器用にトラックを駐車場へ向け、今度はおや、と洩らした。数台の平凡な乗用車を除いて、駐車場はもぬけのからであった。コンクリートの地面が白々とつづいている。

「あれは装甲車ね？」

とイヴが左方の窓へ、瞳だけを動かして訊いた。

ちらと一瞥《いちべつ》して移木は、

「そうさ。六〇式だ。確か昭和三五年に仮制式された旧式だから、自衛隊も売りに出したんだろう。武器は使えねえようになってるはずだぜ」

「詳しいのね」

「おお、男の子だからな」

と胸を張った。

自衛隊が中古の衣類や装備の他に、武器兵器の類《たぐい》を民間へ払い下げはじめたのは、ほぼ五年ほど前のことである。

一〇年前の出来事は、世界の保安機構へ回復不可能な打撃を与え、各国の指導者層は、自国と世界の安寧《あんねい》を守るべく、保安機構すなわち、軍と警察組織の根本的改革を余儀《よぎ》なくされた。

そのうちのひとつにして最大の変化が、兵器類の民間への貸与《たいよ》と払い下げ、乃至《ないし》、販売だったのである。

貸与は警察関係に限られ、八九式自動小銃、ブローニングM２重機関銃、八九ミリロケット・ランチャー（バズーカ砲）等の小火器から、カール・グスタフ八四ミリ無反動砲、一〇五ミリ榴弾等の火砲、地対空ミサイル「スティンガー」等の誘導弾、装甲車、戦車にまで及んだ。

民間企業への払い下げと、自衛隊が独自に一般市民に行う販売は、小火器に限られたが、財政潤沢《じゅんたく》な市町村では、守りを固めるためと称して戦車等への要求が強く、限定的な払い下げと販売が行われた結果、当然のごとく闇ルートが結成され、一〇五ミリ砲を備えた七四式中戦車や、三五ミリ機関銃、七・六二ミリ機関銃、対舟艇対戦車用誘導ミサイルを装備した八九式戦闘装甲車等が、日本各地で見られることとなった。

混乱に乗じたやくざ同士の縄張り争いに、六〇式戦車と機関銃装備のヘリ「ひよどり」が使用された結果、以後、民間向けの兵器からはあらゆる武器が撤去《てっきょ》されているが、今なお全国で火砲の咆哮《ほうこう》が絶えることはない。

移木が安全だろうと告げた装甲車の前部からも、明らかに、銃口をつぶしてはいない一二・七ミリ機関銃の凶々しい銃身が突き出ていた。

「ガードマン志望の連中の乗り物だろう。そのうち、F35Aライトニングで駆けつける奴も出てくるかも知れねえな。しかし、それにしても、数が少ねえ。みんな、一杯飲《や》りに行ったのかな？　それとも――〝城〟へか？　いや、待てよ、採用試験は明日のはずだがな」

なるべく出入り口に近いスペースにトラックを停め、

「さあ、着いたぜ、お別れだ」

と移木は威勢《いせい》よく声をかけた。

「そこにいらっしゃい。ただし、跳び出すタイミングを誤らないように」

「なにィ？」

と眉《まゆ》を寄せる移木のほうを見もせず、イヴは駐車場へ下りた。

雨は降りつづいている。照明灯の光を浴びてあちこちに光る水溜まりに、無数の小さな輪が広がっていく。

イヴが五、六歩進んだのを見て、移木はすぐにトラックを発車させようとした。

動かない。バックも同じだった。

「あの女《あま》、おかしなトリックを」

と叫んでドアに手をかけ、彼は悲鳴を上げた。ノブが手に吸いついた。いや、実は骨の髄まで凍りそうな冷気がスチールと肉とを灼《や》きつけたのである。

またか、と胸中で絶叫し、移木は窓の外を凝視《ぎょうし》した。

イヴは駐車場の左手へ顔を向けたところだった。

そこから、常人なら眼も覆わんばかりの殺気の波動が叩きつけてきたのである。森でも切り開いたものか、駐車場を囲む鉄柵《てつさく》の内側にふた抱《かか》えもありそうな楠《くすのき》が黒々とそびえていた。

そのかたわらに人影が立っている。巨大な達磨《だるま》に手足をつけたような肥満漢である。よくサイズの合うトレンチがあったものだ。土色のベルトは確かに腹の上できちんと巻かれ、しかも、余っていた。

「私がお嫌いなようね」

イヴの静かな言葉は、彼女を女と知っても衰《おとろ》えぬ殺意を示したものだろう。二人の距離は約一五メートル。

「君もガード志望らしいね——ひと目でわかったよ」

と肥満漢が言った。

細い眼と広がった鼻、分厚《ぶあつ》い唇——まるで、でぶを絵に描いたような男であった。しゃべるたびに三重の顎《あご》がたぷたぷと波打つ。イヴが唇を歪めた。怖るべきキンキン声に苦笑したのである。

よく見ると、顔にも坊っちゃん——というより、幼児の面影《おもかげ》が残っている。甘やかされ放題に育ったぼんぼんの末路——しかし、全身からみなぎる気は、そのイメージを易々《やすやす》と裏切る凄まじさであった。

「雨に濡れながら駐車場の散歩と洒落《しゃれ》こんだら、面白い女に会った。雨に打たれて冷たくなってみないか？」

「どうして、ボディ・ガードだと思ったの？」

イヴの問いに、でぶは胸を張った。ボタンとボタンの間の合わせ目が限界まで広がり、かろうじて持ちこたえた。糸と生地《きじ》は、さぞや疲れたことだろう。

「僕は人を見る眼があるのだ。昔からよくママに誉《ほ》められていた」

「まま」

呆然とつぶやいたのは移木である。窓はイヴが開けたきりだ。

「そう、きっと、息子を何よりも大事にするママだったのね」

　イヴが無表情に言い、男はさらにそっくり返った。

「そうとも、そうとも」

「そんなにいいママなら、他人に悪意を抱いてはいけませんと教えたはずよ。いい子ね、守りなさい」

「う、うるさい！　僕を子供だなんて言うな！」

　突然、でぶは仁王《におう》立ちになった。両足が地面に突き刺さったように見えた。別人のごとき迫力に、イヴの両眼が妖しい光を帯びた。

「ガードの志望者は多すぎる。君は強敵になると見た。従って、この場で始末しておくに限る。素直にそのトラックで出て行けばよし、さもないと――」

「殺す？――慣れてるようね、坊や」

「坊やじゃない。――宇呑《うどん》だ」

「うどん」

　とつぶやいて、その全身を改めて一瞥し、

「成程《なるほど》ね」

　とイヴは納得した。それが気に入らなかったらしく、

「どうして、名字か名前かを訊かない。訊け、訊いてくれ」

駐車場中に響きわたるような絶叫であった。イヴはうすく笑って、

「名字、それとも名前？」

「よし。——名前だ。名字は——教えてやらない」

「残念ね。——もう、行ってもいいかしら？」

「駄目だ。帰るか、それとも——」

「疲れているのよ、長旅で。それに、私はボディ・ガード志望じゃあないわ」

「なにィ？——嘘をつくな。僕は人を見る眼が」

「時々、曇《くも》るようね。でも、無理もないわ。あなたの狙うボディ・ガード志望者は、もっと身近な男よ」

「だ誰だ？——嘘をつくと」

「彼」

イヴの片手が自分のほうを指すのを見ても、移木には事態がよく呑みこめなかった。

細い眼を糸みたいにする宇呑へ、

「トラックの運転手に見せかけているけれど、彼が私の雇い主——私はいわば、ボディ・ガードのガードなの」

貫《つらぬ》くような眼差《まなざ》しを宇呑は前方の美女にあてた。どんな相手でも、おまえに見つめられたら震え上がってしまうのよ。嘘をついたりしたら、一発でわかるわ。——ママのこの言葉が正しいことは、これまでの人

生が証明してきた通りだ。字呑はきっちり五秒もイヴを見つめ、納得した。

「よし、嘘はついていないようだな、話はそいつとつけよう。君は行っていい」

言うなり、意外に軽やかな足取りでトラックに近づき、ドア・ノブを摑んだ。

「うん？——冷《ひ》やっこいな。待てよ」

ぶつくさ言いながら、コートのポケットから白いハンカチを取り出してノブに巻いた。レース付きであった。ドアを引くと、物理法則に従って、移木が身を乗り出した。

「あんたが、そうか」

と眼と鼻の先で、でぶが訊いた。

「嘘だ」

と移木はゆっくりと首を横にふった。

「おれはただのトラックの運転手だ。あの女に脅《おど》されてここまで連れて来られたんだ。いま、帰るところだよ」

「嘘だ」

と字呑は蛇のような眼で移木をねめつけた。

「僕の見立てに間違いはない。あの女は本当のことを言っている。うまく、トラック野郎に化けたな。芸も細かい」

ノブに貼りついた手をじろりと見て、

「このまま尻尾《しっぽ》を巻くか、それとも――」

「断固戦うそうよ」

とイヴが代返した。眼を剥く移木に次の台詞も吐かせず、

「邪魔者は始末しろと言われているわ」

「ちちちが――」

「あなたの相手は、従って――私」

降る雨のごとく低く冷たいイヴのひとことが、二人の男から余計な反応を奪い去った。

移木は二の句がつげず、宇呑は彼に指一本触れずに――

「ふり向く分、遅れるわよ」

「卑怯《ひきょう》だぞ」

と宇呑は両手をふり廻した。

イヴが上体をそらした。

右手は胸前で拳をつくっている。その両端から細長い矢が突き出ていた。

鈍くかがやく鏃《やじり》と、反対側の三角羽根。長さは二〇センチもないが、黒い艶は――鉄だ。

「お見事」

とイヴが静かに讃《たた》えたのは、後ろ向きから彼女の心臓へ正確無比に飛来した矢の技倆よりも、忽然と消失した宇呑の素早さだったかもしれない。

右へ移動しつつ、イヴは右手をふった。世にも美しい音をたてて、新たな二本の矢が地に落ちる。

「へえ」

とイヴは感心した。二本の矢が射られた方角は、彼女の前後——正反対だったからだ。

「いまのは、半分の速度《スピード》だ」

とキンキン声が言った。声は——天からとも地の底からとも聞こえた。陰形《おんぎょう》の法にも長《た》けているのか、あのでぶは。

「今度は思い切って射《い》る。——僕がどこにいるかわかるか？」

「いいえ」

「わかったときは死ぬときだ。いいや、知らずに死ね」

「ベッドで話し合わないこと？」

一瞬、空気が凝縮したような沈黙が凍り、

「う、うるさい！」

怒号とともに、ちん、とコンクリが鳴って、イヴはよろめいた。

2

移木は眼を見張った。この奇怪な美女が、安定を崩すなどという事態は、想像もしていなかったのである。冗談ではないかと思った心理を、自ら否定したのは、イヴの左肩に広がる黒い染みと、そこから生えた矢と羽根とを見たからだ。

「変わった使い方をするわね」

右手で矢を摑んだイヴへ、

「そうとも。僕は武器を扱うことにかけても天才なんだぞ。今の技がわかるか。僕は、君から少し離れた地面へ矢を打ちこんで、そこから、君の身体へ跳ね返したんだ。こんなこと、他の誰にできる？」

「あなただけでしょうね」

これを賞賛と受け取ったらしく、宇呑の声は、凄まじい高笑いと化した。

「はーっはっはっは。そうとも。この破魔矢《はまや》を扱えるのは、世界で、いや、この宇宙でただひとり、この僕——滑川《なめかわ》宇呑のみだ。イエイ、やっぱり、君も敵ではなかった。いま、ひと息にとどめを刺してやるぞ。これは僕の思いやりだ」

高笑いは、どんな技、どんな自信に支えられているのか、ひときわ高く雨空へと噴き上げたそれが終わらぬうちに、駐車場の出入り口から、まばゆい双眼のかがやきと、メタル・グレイの車体がゆるやかに滑りこんできた。

「だ誰だ？」

姿なき攻撃者の声など耳にもしなかったかのように、メタリックの車体は、照明灯の光をはね返しつつ、イヴの前方の空きスペースへ入って止まった。

エンジンがストップし、ライトが消える。しばらくの間、生命を失う車の紋章《エンブレム》はフェラーリのものであった。

傷ひとつない車体は、たったいま、ディーラーから届けられたかのようだ。ドアが開き、ドライバーが地上に下り立った。

漆黒《しっこく》のコートをまとった男は、黒いサングラスで両眼を覆っていた。

背まで垂れた髪の毛は、長髪というより総髪だ。それにふさわしいものが左手に下がっていた。

黒鞘《くろざや》の日本刀である。

ドアを閉め、イヴのほうを見もせず、出入り口のほうへと向かう。

状況を一切無視した行動に、状況にどっぷりはまった立場から我慢がならなかったものか。

「待てえ、こら」

と宇呑の声が呼びかけた。男は構わず進む。

「おまえ、耳が聞こえないのか。——僕が呼んでるんだぞ。ええい、止まれってばあ」

ぴゅっと空気がはためいた。

銀光のきらめきは一瞬であったが、描いた弧は移木の網膜に長いこと残った。

金属音が弾け——男の前方、出入り口のほうから、わっという悲鳴が上がった。

照明灯から少し離れた闇が吐き出した樽みたいな人影は、確かに宇呑のものであった、その左の乳の下あたりに刺さっているのは、彼自身の鋼矢《はがねや》であった。

二人のほうを向き直り、はったとにらみつけた眼つきの哀しさ、凄まじさ——狂った餓鬼《がき》だ。そこからどっと涙がこぼれた。

「よくも——よくもやったな。このゴロツキめ、与太公《よたこう》め。痛い、痛いよ。死ぬ、死んでしまう」

元気一杯の大声で喚きながら、片足が地を蹴るや、その身体は風船のごとく軽々と宙に舞った。

恐らく、黒い男もイヴも手を出せなかったのは、体型からの連想をあまりにも裏切る身軽さのせいであろう。三メートル近い鉄柵の向こうへ舞い下りるでぶの姿は、驚きを越えて滑稽《こっけい》でさえあった。

「覚えてろ、必ず借りは返すぞ。百倍にして返してやる。おまえらなんか、バラバラだ」

柵の間から着地する姿が見え——足が地に着くと同時に消えた。

「宴席向きの男だこと」

イヴがつぶやいた。錆《さび》を含んだ声がそれに合わせた。

「だが、芸はやる。眉間《みけん》を外した」

　つまり、宇呑の矢を彼の顔へ弾き返したということか。左手の一刀は静まり返っていた。黙って出入り口のほうへ歩き出したとき、イヴは声をかけた。

「ボディ・ガードへの門は厳しいそうよ」

「承知の上だ」

　歩みを止めずに男は答えた、

「眼が見えなくても見える男なら、大丈夫？」

　男は立ち止まった。出入り口を抜けるところだった。

「おれは暮麻《くれま》だ――名前をきいておこうか？」

　イヴは名乗り、こうつけ加えた。

「――あちらの使用人」

　こちらを向く蒼白い美貌《びぼう》に、移木はまたも硬直した。前を向いたまま、

「さぞや、いい男なのだろうな」

　と暮麻は口にした。イヴ以上に無感情な声である。死人が口をきくとすれば、こうなるかも知れない。居合はともかく、フェラーリとは水と油としか思えない。そもそも、イヴの言った通り、盲目だとしたら、どうやってハンドルを握るのか。

「会うのが楽しみだ」

こう言って闇に呑まれた。その寸前、右頬に走る弦月《げんげつ》のような傷痕《きずあと》が、光の中に浮かび上がった。

移木がドアを開けたのは、その少し後だった。

「ど、どういうつもりだ、おめえは⁉」

当然すぎるくらい当然の怒りを、イヴは微笑で迎えた。

「大したことじゃないわ。でも、彼らは、あなたが私の雇い主兼ボディ・ガード志願者と信じたでしょうね。どうやら、ボディ・ガードの席はひどく少ないようよ。また狙ってくるでしょう。——今度は、直接、あなたを」

恐怖と驚きと絶望が、移木の対応を遅くした。

「お、おれをどうするつもりだ？」

「こうなった以上、私が創作した通りの役どころをこなすしかないでしょうね。私もガードでいられるわ」

「あんな奴らに毎日狙われるのか⁉——おれの身になってみろ！」

「だから、守ってあげるって」

「勝手なことを言うな。いいか、クトゥルーどもとやり合うとなれば、ただの力自慢や武道家じゃあ、糞《くそ》の役にも立たねえ。法力というか霊力というか、そんなものが必要になるんだ。けど、これまでの戦いで、それだけじゃ駄目なこともわかってる。やっぱ、あいつらを斃《たお》すには武器を使ったほうがいいらしい。だから、今回、集まった連中は、ひとり残らず、武道と超能力をミックスした、いわば超能力武道家なんだ。ダンビラをふり廻すだけじゃねえ。そっから炎を放って敵を灼き殺すような奴ばかりだ。そんな奴らに狙われたら、いくらあんたがついてたって、無事で済むわけがねえだろうが」

「大丈夫よ」

「何が大丈夫だ。第一、あんただって、肩に一発食らっただろうが」

イヴは左肩から生えた矢羽根に眼をやった。

「これのこと？」

「そうだ」

「そういえば、少し効くわね」

美女の右手が矢羽根を摑むのを移木は見た。白煙が立ち昇った。鋼矢に高熱でも仕込まれていたのか、イヴの手の肉が焦《こ》げ付いたのである。それすら驚きなのに、移木はさらに心臓へ負荷をかけねばならなかった。

軽く息を吐くや、この蒼白い美女は一気に鋼矢を引き抜いたのである。肉が裂け、血がしぶいた。その刹那、雨もろとも押し寄せた風が鮮血を叩き返し、イヴの胸から下に朱色の絞り染めをつくった。

「ちょっと」

崩れかける移木をイヴは右手で抱き止め、トラックのボンネットにもたれかけさせた。

「貧血《ひんけつ》だ。血を見るとアウトなんだ」

「それでよくトラックのドライバーがつとまるわね」

「おれは平和主義者なんだ、馬鹿野郎」

「とにかく、ホテルへ行きましょう。それでは車も動かせないわ」

「うるさい、放《ほ》っとけ」

と喚いたものの、そのショックで膝が折れかかる移木を、イヴは軽々と右肩に担《かつ》ぎ上げ、駐車場を出た。

こうまでされると、さすがに抵抗の気力も失せるのか、移木は息も絶え絶えに、

「あんた、大丈夫なのかよ？」

と訊いた。

「何とか」

「タフだねえ。もっとも、でなきゃあ、用心棒に応募しようなんて思わねえよな」

「応募したのは私じゃないわ」

「どき」

「頑張ってちょうだい。合格できるよう、これから特訓ね」

「下ろせ、下ろしてくれ。おれは町を出てく」

肩の上でじたばたしたが、イヴはびくともしなかった。

ホテルのロビーは静まり返っていた。うす暗い。天井の照明がすべて点いてはいないのだ。自家発電をケ

チっているのかも知れない。エネルギー供給ラインもここ二、三年はズタズタにされたまま、修復もロクにされていない。

イヴはフロントに近づき、カウンターの上の呼び鈴を押した。

二度やったが、誰も出てこない。

「無駄じゃよ」

右奥――ロビーの奥の闇が嗄《しわが》れ声で言った。

「うへえ、またかよ」

移木の愚痴を背中に乗せたまま、イヴは新しい登場人物のほうへ首だけを向けた。

「みんな、出かけてしまった。いま、ホテルに残っているのは、わしと、少し前にやってきた盲目の男だけだ。もうひとり太った餓鬼がいたが、出たきり戻ってこんな」

「みんな、どこへ行ったの？」

移木は顔だけ曲げて声の方角を見たが、ソファとテーブルにうす闇が絡みついているきりだった。

「〝城〟から使いが来てな。――電話などという無粋《ぶすい》なものでないところは気に入ったが――明日に予定されていた審査を、今夜行うなどとのたまいよる。従業員までくっついていきよった。ま、見逃したら一生後悔するにはちがいない」

「どうして、あんただけ残ったんだい？」

訊いたのは移木である。訊かずにはいられない疑問だったにちがいない、

「明日になって、今晩の採用者からひとり減れば済むからよ。〝城〟の主人に眼があるのなら、時間を守るガードより、強いほうを選ぶだろう」

「おっしゃる通りね」

とイヴは納得した。駐車場で彼女らを襲ったでぶも、声の主と同じ合理的思想の持ち主にちがいない。

「キーの残っているのが、空き部屋だ。後でフロントが戻ってきたら、手続きをすればよかろう」

「ご親切なことね」

イヴの唇がうすくゆるんだ。

「でも、こちらもあなたの就職敵《がたき》のひとりよ」

と移木をゆすった。

「わかっとる」

声は、げっぷをした。

「実は、全員出払ってから、酒蔵に呼ばれてな。ちんけな田舎ホテルの割には、いいワインが揃っておる。で——飲みすぎた」

「おかげで、闇討ちは無し」

「そうなるな」

「野郎、態度のでけえ爺いだな」

と移木が背中で凄んだ。

「おい、少ししめてやれ。――うげ」

頭をごつんとやってから、イヴは入ってきた玄関のほうへ向き直って歩き出した。

「お、おい、どこへ行くんだ？」

「〝城〟よ」

「ほう、何故だね？」

とソファのあたりから声が尋ねた。

「急な審査時間の変更――それも深夜。何があったか知りたいものね」

「ふむ、一理あるな。――戻って来れたら、わしにも教えてくれ」

「残念ね、愛他主義者とはいえないの」

「それはいかんな。――ひとつ、治療してやろう」

「なんだ、あんた、医者かよ？」

ぺたあ――とぶら下がったまま、移木が眼をぎょろつかせた。

「精神科医だ。F・A・メスマーの末裔《まつえい》だと覚えておけ。わしはベルタン男爵《だんしゃく》だ」

「おい、こいつ詐欺《さぎ》師だぞ。どう聞いても日本語だ」

と移木がささやいた。

「精神科医よ——仕方がないわ」

笑いを含んだイヴの台詞に、

「はっは、全くだ」

と移木が両手を打ち合わせた刹那、二人の前方——ガラス・ドアの前に、ぽっと緑色の炎が点った。

3

反射的にイヴは眼を閉じた。

「無駄だ。たとえ一瞬でも、その光を見てしまった以上、おまえの網膜に灼きついているはずだ」

嗄れ声が面白くもなさそうに笑った。

「もはや、おまえは動けん。——動いてみろ」

イヴの右手が震え、上がりかけたが、一センチもいかずに止まった。

「メスマーが唱えたメスメリズムは、確か磁気を応用した催眠術だったわね。あなたにも極意が伝わったの?」

「地獄のトレーニングの果てにな」

と嗄れ声はやさしく言った。

「おまえほどの美女なら、まず裸に剥いて責め苛《さいな》んでやるところだが、この年齢《とし》だ。そちらのほうの欲望は枯れ果てておる。いま、ここで死ぬがいい。——舌を噛《か》め」

緑の炎は地磁気を応用した幻覚かも知れないが、意識を一点に集中させるには、申し分のない小道具といえた。

しかし、三鬼餓の町に着いて初日からこれでは、この先どのような日々がイヴと移木を待っているのか。いや、ホテルの玄関で奇怪な催眠術師の術中に陥《おちい》ったいま、どうやって切り返すつもりなのか。

「おい、しっかりしろ」

と移木が絶叫した。背中にひっかかった彼は、緑色の光を見ていなかった。

「おかしな術にかかるな、眼を醒ませ！」

そのとき、イヴが身体を震わせた。

移木は息を呑んだ。美しい娘が舌を噛み切ったのは一目瞭然《いちもくりょうぜん》であった。

がくりと膝をつき、ついでに移木の足も床についた。跳ね下りて、

「おい、しっかりしろ！」

とイヴの肩をゆすって顔を覗きこむ。その口から鮮血がこぼれるのを見て、トラック野郎は切れた。

ソファのほうを向いて怒鳴った。

「てめえ――女に何しやがる！　よりによって、舌を噛ませるたあ、この人殺しめ。――許さねえ」

脱兎《だっと》のごとく走りだそうとしたその鼻先に、再び、緑の怪光がゆれた。

一刹那、じん、と頭が痺《しび》れ、脳内に光が灼きついた――そんな気がした。

それでも突進しようとしたのは、移木がイヴに対してある種の感情を抱きはじめていたためか。

だが、男の怒りの突進も三歩といかず、

「止まれ」

非情な指令に従ったのである。

「舌を噛ませたのが気に入らなかったらしいな。おまえもそうしてやろう。だが、その前に、女はまだ死んでおらんようだ。おまえ、行って絞め殺せ、いいや、絞めながら少しずつ舌を噛め」

これほど無惨な命令が、どんな人間の喉から発せられるのか。相変わらずソファに人影はなく、そして、移木はくるりと向きを変えた、片膝をついたイヴへ近づく両腕は、すでに輪をつくり、指は鉤型《かぎがた》に曲げている。虚ろな表情に意志の破片は片々も見あたらぬ。

いや、それよりも、うす闇の中で彼の顔の中に光る緑色の二つの点は――眼だ。双眸《そうぼう》が、まるであの怪光に乗り移られたみたいに、不気味な光を放っているのだ。

イヴの背中に近づくと、移木は松の木みたいに太い筋肉のすじが浮き出た腕を、美女の首に巻きつけた。

その腕が勢いよく弾けるや、彼はうっと呻いて前のめりになった。その身体をまたも肩に担いで、前と同じくすっくと立ち上がった蒼い姿は――

「きさま――わしの術が!?」

「いいえ、よく効いたわ」

血まみれの口で言うなり、ぴゅっ、とイヴの口もとで風が唸った。

こちらを向いたソファの背面に、ぼっと拳大の穴が開くや、

「うおおっ!?」、

悲鳴とともに、床上へ白い影が躍り出た。

独楽《こま》のごとく二転三転して、ずっと奥の非常口の前に着地する。白衣を着た小柄な男であった。

一五〇センチもありそうにない短躯《たんく》の上に、白髪の頭と黒縁《くろぶち》の眼鏡《めがね》をかけた細い顔が乗っている。皺《しわ》だらけだ。

「怖れ入ったな。――こんな目に遭《あ》ったのははじめてだ」

声に怯えはない。――呆れ返っているのだった。

「他人の生命を狙った以上、覚悟はできているわね」

イヴの視線が氷の針のようにベルタン男爵を貫き、凍結させた。

「舌を噛むのと八つ裂きと――どちらが好み？　何なら、ペニスを袋ごともぎ取ってあげましょうか」

「そうはいかんよ、多分な。――なぜ、わしと向かい合った？　さっきの〝偽眼〟はしくじったが、じかでは

逃げられんぞ。見ろ」

老人の眼がレンズの奥で深緑にかがやいた。

空中の眼など比較にならないそのかがやきの直撃――

「おおっ!?」

と叫んだのは、ベルタン男爵であった。

イヴの両眼は固く閉じられていた。緑光の放射が熄むと、それは大きく開いた。身の毛もよだつほど美しい黒瞳は、逆に彼を金縛りにした。

二人の間で、何やら鞭《むち》のようなものがしなった。

一秒と待たず、男爵は八つ裂きになった。

イヴの眼が右手――玄関に焦点を合わせた。

新展開の変化《チェンジ》は数百分の一秒で足りた。

玄関のガラスが粉微塵《こなみじん》に砕け散るや、黒い塊がどっとロビーへ押し寄せたのである。それは水であった。

生々しく濃密な潮《しお》の匂いが空中に満ちる。――海水であった。

イヴの足首が呑まれ、膝までつかった。

「――ごめんなさい」

このひとことは、放り出した移木に捧げたものであった。

受付のカウンターの上に落ちたのを確かめ、イヴは膝まで達した黒い水に、

「いらっしゃい。〝深き者《ディープ・ワンズ》〟」

と呼びかけた。

言葉には魔力があると看破《かんぱ》した古代人は正しかったのかも知れない。

黒い水が盛り上がり、妖しい花びらのように裂けるや、数個の人影が蒼白い美女めがけて跳びかかったのである。

照明に、青銀色の鱗《うろこ》と鉤爪《かぎづめ》が光った。身にまとった格子縞《こうしじま》の上衣やゴム引きの漁師用外套《がいとう》も。

野太いしなりの音が襲撃者たちを叩きつけた。

八つ裂きがいいか。――まさしく、イヴの問いに答えるかのように、躍り出た影たちは寸断され、おぞましい単品となって水中に落下した。

イヴは身を沈めた。

自ら黒い水に身を浸《ひた》し、しかし、優美な鼻下まで止めた。

水の下を幾つもの動きが彼女めがけて押し寄せ、ほぼ一メートルの地点で攪乱《かくらん》した。

もしも、闇をも見通せる眼の持ち主がいたら、黒い水の底から鮮やかな真紅の花がいくつも咲き、ばらばらになった腕や胴や足が浮き上がってきたのを目撃したであろう。不気味なのは、名人に名刀で斬り落とされたかのような美しい斬り口を見せるそれらが、ことごとく、その辺の店で買えるありふれた衣服を身につ

けていることであった。

水中でいかなる魔戦が繰り広げられたものか、黒い怒濤《どとう》は、新たな刺客をイヴへと送るのに躊躇《ちゅうちょ》し、ついで引きはじめたのである。

同時に、玄関のすぐ前の水面から、無数の不気味な形が露になっていった。

わずかな髪の毛が糸こぶみたいに貼りついているものもあったが、大半は蛙《かえる》のように濡れ光っている。頭だ。

顔が出た。水中で生きるためとはいえ、この部分の変化はかなり著《いちじる》しかった。後天的な獲得形質ではなく、DNAの中に潜んでいた因子がだしぬけに顕現したものであろう。両眼は両生類そっくりに突き出し、せわしなく上下する瞼の下からのぞく瞳は、瞳孔《どうこう》が異常に狭かった。光を必要としない水中に棲《せい》息《そく》するためであろう。鼻はほとんど鼻梁を失い、半ば埋もれた管のような突出部の先に、黒い鼻孔が二つついていた。最も変態的な部分は唇から顎にかけてで、分厚いゴムを二枚重ねたような長い唇は、小刻みにいやらしく痙《けい》攣《れん》し、海水が喉がつまったような音を絶え間なく発していた。その喉は魚の腹そっくりに生白く、耳のすぐ下には、明らかに鰓《えら》呼吸のための裂け目が三すじずつ開いていた。

妖しい光を放っているのは、そいつらとは異なる生物で、人間型の基本だけは同じだが、ずっと魚類に近く、首から下の露出部はすべて銀鱗に覆われていた。特徴を成すのは、背中から盛り上がった鰭《ひれ》であった。手に鎌《かま》や鍬《くわ》やら携《たずさ》えているものもいたが、それを使いこなすための手の形はすでに失われて久しかった。

そいつらは、仲間の残骸《ざんがい》を水の中から拾い、その間も、作業に従じている連中以外の奴らが、一列に並んで、何やらむかつくような唸り声を絞り出していたが、ついに、ひとりが、

「ング、インアイイ……ズロー……」

と意味不明の言葉をもらすと、

「俺タチハ……があどまん狩リニ来タ……オ前モソノヒトリダナ……」

と人間の言葉を使った。

「とんでもない──彼よ」

とイヴはカウンターの上で唸っている運転手のほうへ顎をしゃくった。

「ダガ、……タダノ人間トハ思エン……何モノダ？」

「トラックの運ちゃんよ」

「……オ前ノコトダ」

「雇われ用心棒」

蛙のような声が一斉に噴き上がった。──潮の香りが渦巻く。

影たちが一歩前進した。面を覆いたくなるような異形《いぎょう》の気がイヴの全身を押し包んだ。気の質量はゼロとはいえなかった。肢体の周囲の空間は陽炎《かげろう》のように歪んだ。

だしぬけにそれが逆流した。物質化した鬼気の衝撃を受けて、影たちがのけぞり、打ち倒されてゆく。

吹きさらしになった玄関の外から、無数のエンジン音と、まばゆい光とが湧き上がったのはそのときだ。

ぐえとも、げろともつかないひと声が上がるや、そいつらは一斉に身を翻し、ロビーの左右へと走った。

それこそ黒い水の引くように消えていく。

エンジン音が停止し、ごつい影が数個ロビーへ入りこんできたときには、異形の名残は、あちこちに黒い水たまりを広げた床と、充満する潮と――蛙のような匂いだけであった。

「何でえ、この匂いは――魚臭え」

これが新たな侵入者たちの第一声であった。

靴音《くつおと》や金属音を伴奏にロビーへ広がった影たちは、イヴと移木を前にして足を止めた。

「やっぱり、あいつらが来たらしいな。残りの連中を仕止めるつもりだったんだろうよ」

と別の声が言った。鎧《よろい》みたいな装甲で全身を包んだ大男である。右手のM900対戦車ライフル――〝ナット・ガン〟が、子供のおもちゃみたいに見える。

「ところが、この二人連れの姉ちゃんとあんちゃんは無事ときた。――まさか、撃退したんじゃねえだろうな」

野戦用の迷彩服を着た男が近づいてきた。腰のコンバット・ベルトに装着したホルスターから、ブローニングHP《ハイパワー》の銃把《じゅうは》がのぞいている。

「それとも、おまえ、あいつらの仲間か？〝インスマウス野郎《ガイ》〟どものよ」

「ホテルの従業員はいないの？」

とイヴは訊いた。美しい声にどよめきが上がる。

男たちの後ろのほうから、ひょろひょろとスーツ姿の男が現れ、

「失礼いたしました。マネージャー兼フロント係です」

と一礼した。白髪混じりの中年男である。こういう客ばかりでは、真っ白になるまでさして時間はかかるまい。胸の名札には「多古《たこ》」とあった。

「部屋を頼むわ。私と――あちらの」

でんと音がして、移木がカウンターから落ちた。いてててとか言いながら立ち上がろうとする。ベルタン男爵の術は解けたらしい。

「お部屋のタイプはいかがいたしましょう？」

「そうねえ、ダブル――デラックスで頼むわ」

「承知いたしました」

マネージャーは、イヴのつき出た胸から思いきり視線を外してうなずいた。

「待ちなよ」

と迷彩服姿が両手を打ち合わせた。ぷん、と生臭い――血の匂いがした。

「まだ話は終わってねえ。何があったかきかせてもらおうか。話によっちゃあ、あいつらの仲間として処断

する」

第三章 クトゥルー事変

1

「五人」

つぶやくイヴの口調が、迷彩服の眼の中の殺意を動揺させた。

「何人出て行ったの？」

問われたのが自分だと、多古は悟った。返事が客たちに悪意を持たれないものかと、とまどいながらも、

「一〇——五人でございます」

「一〇人殺られた。残りはとび切りのエリートね。でも、全部で一〇〇人いたんじゃなかったの？」

「それが——皆さん、腕くらべをなさいまして……」

「なるほどね——ところで今夜の出動は、審査が早まったんじゃなかったの？」

「はあ。——実は〝深き者ども《ディープ・ワンズ》〟に襲われまして。そのための非常呼集でした」

「成程、深夜の審査だとでも言わなくては、素直に出掛ける顔じゃあないわね」

凶暴な五つの顔を見廻しながら、イヴの眼は愉しげに笑っている。その人外の妖艶さに、多古マネージャーは生唾《なまつば》を呑みこんだ。

〝城〟から使いが来たのは三時間前である。一七名いたボディ・ガード志願者のうち一〇名が真っ先に使

いとともに出動し、間一髪遅れた五名は多古を脅して案内を強要した。

到着してから何が起こったかは、あまり記憶にない。執事頭が出迎え、男たちはすぐ奥へと通された。応接間で待つ羽目《はめ》になったマネージャーは、やがて、窓の外から響く怒号と銃声、この世で絶対聞けるはずのない物音に身を震わせた。窓辺に駆け寄って眼を凝らすと、屋敷の裏手——岬の突端のほうで、何やら影みたいなものが蠢《うごめ》いているのが見えた。あらゆる音はそこから響いてくるらしい。音楽らしいものまで聞こえるのが不思議だった。

音は長いことつづき、時々、悲鳴が混じった。それが地上から空中へと上昇するのを確かめ、多古は血の気が引くのを覚えた。

何か、想像もつかない——しかし、一〇年前以降、世界では決して珍しくはない出来事が起こっている。それが確信となったのは、岬の彼方の闇——海上の一点に、鬼火としかいいようのない不気味な色の炎が点り、それが何やら巨大な——槍烏賊の頭部と触手みたいなものを漆黒の背景に滲み出させているのを見てからだ。鬼火はすぐに消え、それに合わせて滲み絵も闇にまぎれたが、あまりのおぞましさに多古は窓から離れ、二度と近寄らなかった。

青ざめた召使いに、ロビーへ来るよう告げられたのは、ほぼ一時間後である。客たちはすでに集合していた。

広大で豪華な空間は、鼻がつぶれそうな不快な臭気に満ちていた。成分の幾つかは潮と腐った魚、その他、町なかを歩いていると鼻を突く正体不明の腐臭だとわかったが、それが、異様に減少した客たちの身体から漂ってくるのだと知って、多古は戦慄した。ここにいない一〇名の客たちの運命について好奇心がうずいたが、ホテルのマネージャーの職業外だと判断して沈黙を守った。

客たちは全員、ある種の緊張に包まれていたが、誰ひとり怯えた風のないのはさすがだった。

その代償として、衣類はあちこちが破れ、軽合金と思しい肩当てにも裂け目やひびが入り、胸当ての一部は溶けたとしか思えなかった。何人かの身体には血のようなものがこびりつき、その光沢《こうたく》や粘りつき具合から見て、この世界の生物のものではあり得なかった。

すでに主人の挨拶は済んでいるのか、客たちは多古がやってくるとすぐ、用意されていたロールスロイスに分乗して帰路についた。彼らのバイクや乗用車はトラックに積まれ、一緒に届けられた。

しかし、彼らもまさか、帰り着いた塒《ねぐら》で奇怪というならこれ以上はなさそうな美女に出食わすとは。

「いつまでも愚図愚図《ぐず》してんなよ」

と三人目——長髪の若者が言った。やや長めの毛皮の上衣の肩にワイヤーの束を巻いている。

量からして二、三〇キロはありそうなのに、細身の身体はまっすぐに背骨をのばしていた。

「こちとら疲れてるんだ。さっさと風呂につかって眠りてえのに、女相手にうだうだやっちゃいられねえよ。何なら俺が口を割らしてやろうか」

若者の肩でワイヤーが触れ合い、金属音のさざなみをたてた。

「いや、俺が」

と横から声が入った。

四人目は、背から薙刀《なぎなた》――の柄《え》を半ばから断ち切って一メートルほどにした武器を背負っていた。鞘《さや》は袋状ではなく、数本の止め具だけ。刃は丸見えに近い。どんなに好奇心の強い子も、黒光りする鋼を見ただけで、触れる気も起こすまい。丸首セーターの上に、ジーンズのベストを羽織《はお》り、下もジーンズだ。年齢《とし》は四〇前後だろう。

「なんだか、気になる――この女、やるぞ」

糸みたいに細い眼がゆっくりと閉じられた。

「うおお」

左右の男たちが一斉に遠去かる。わざとらしい叫びから、本物の怯えを探し出すのはたやすかった。彼らは互いの技を見ているのだ。

イヴは動かない。口もとのうすい笑いもそのままだ。数秒のうちにひとつの魔戦が閃き、勝敗を明らかにしただろう。

だが、このとき、二人の間に割って入った影がある。

「おやめ下さい、我聞《がもん》さま！」

多古マネージャーは千両役者のごとく両手を広げていた。薙刀男に真っ向から、

「お客さま同士のトラブルは、当ホテルの恥、私の責任になります。おやめ下さいませ」

「どきなよ、怪我するぜ」

と迷彩服が言った。

「けしかけずに、お止め下さい、稲城《いなぎ》さま。――私、ホテルの従業員として、お客さま同士のトラブルを看《かん》過《か》はできません」

「どきなよ」

「いえ、なりません。まして、こちらの女性は負傷しております」

多古氏は名前とは逆に青ざめ、脂汗《あぶらあせ》を流していた。さして、剛気でもない中年すぎのホテルマンの決意は小刻みに震える肩にも表れていた。イヴはそれを見ていた。

「この野郎」

薙刀男――我聞の声が沈んだ。

来る。多古氏は眼を閉じた。

「やめておけ」

それが最後の――五人目の声だと、多古氏は説明できたかどうか。全員がそちらを――玄関のほうを向き、異様に長身の――二メートル近い黄金の人影を見つめた。

金糸の刺繍《ししゅう》を施した革コートの上に乗った顔は、黒光りし、髪の毛は耕《たがや》されたばかりの畑のように縮れていた。分厚い唇が芋虫《いもむし》みたいに蠢いて、くちゃくちゃとガムでも噛んでいるようだ。

全員の悪意にみちた視線を浴びると、黒人は両手を広げ、流暢《りゅうちょう》な日本語で、

「おれじゃあない。——あちらさん」

とこれも後ろを向いた。あちらさんは、砕け散った扉をくぐるところだった。

優雅な足どりを雨も惜しんだのか、白い草履《ぞうり》には滴《しずく》ひと粒ついていなかった。

うす桃色の地に白い大輪《たいりん》の花を縫いこんだ和服に、やや桃の色が濃い帯が巻きつき、一同に向けられた白い顔は、田舎のホテルや荒っぽい客たちよりも、都会の一流レストランや社交場のほうがずっとふさわしい気品を湛《たた》えていた。

「こりゃ、奥さん」

と迷彩服——稲城が呆れたように言った。渦巻いていた殺気が、嘘のようにうすれていく。

「誰？」

イヴが訊いた。

「〝城〟の——瑠々井家の奥さまです。美月《みつき》さま」

と、マネージャーが答えた。

「美人ね」

「おっしゃる通りです。ですが」

「ですが？」

「お客さまのほうが、お美しい」

そして、多古氏は、名前にふさわしく膝を折り、へなへなと床上に崩れ落ちた。緊張が一気に解けた反動で失神したのである。

「ホテルマンの鑑《かがみ》ね」

多古のほうを見もせず、こう言って、イヴは左右にのいた無頼漢《ぶらいかん》たちの間を、怖れ気もなく近づいてくる白い美女を凝視した。

玄関を出たところでコート姿の召使いが傘を畳み、その向こうに黒塗りのロールスが停車している。

男たちとイヴの中間の位置で、女——瑠々井美月は足を止め、静かに女戦士を見つめた。

何やら、男たちには理解できない妖しいうねりのようなものが二人をつないだ。

「奥さん——どうして、ここへ？」

と我聞が声をかけた。舌舐《したな》めずりをしている。男たちの眼は白いうなじと布に包まれたヒップに集中していた。

「主人の言いつけですの。ホテルに新しいガードマン志願の方が見えているかも知れないから、見てこい、と」

それから、こうつけ加えた。

「――とても、お美しい女性だ、と」

男たちの間にざわめきと、羨望《せんぼう》の気が広がるのも構わず、

「主人の言うことは、十《とお》のうち九つまでは間違っておりますが、今度は残るひとつだったようでございますわね。ご一緒願えます？」

「結構よ」

どよめきの中でイヴはうなずいた。

「でも、私のことをご主人はどうして？」

「占いに凝《こ》っておりますの。下手の横好きですが、未来を読むと申しましてね」

「未来をね」

美月は不思議な微笑を浮かべて、玄関のほうを向いた。

「車へお乗り下さい。私は――」

「納得できねえな」

と稲城が口をはさんだ。他の連中が――黒人を除いて――まずいぞ、と眼配《めくば》せするのも構わず、

「いくら雇い主でも、こいつはおれたちの間のトラブルだ。勝手に手を出してもらいたくねえなあ」

「使用人の言葉とも思えませんわね」

切りこむような美月の言葉であった。

「お断りしておきますが、主人があなた方を頼りにするのは主人の勝手です。それですら、あなた方には法外な報酬《ほうしゅう》を約束し、契約書も交わしました。主人の命令には決して逆らわないという一項も設けてあったはずですわ」

「〝仕事に限って〟とも書いてあったぜ、なあ」

稲城は切り返したが、賛同の返事は返ってこなかった。唇を歪めて、

「とにかく、こいつは勤務時間外のごたごただ。脇へ除いててくれよ、奥さん」

「お除《の》き下さい奥さま、とおっしゃい」

風刃のごときひとことが空白を生じさせた。今度こそ、全員が呆っ気に取られたのである。稲城ですら口をぽかんと開けた。

最初にそれを破ったのは、黒人の笑い声であった。

「こいつはいいや。この国にゃ生きのいい女、いや、レディがいるぜ。――やめとけよ、ミスター稲城」

「何だと？」

ふり向きもせず、稲城の両眼に陰火《いんか》が燃え上がった。右手が小刻みに震えた。こうなった以上何が起きるにせよ、鮮血の奔流《ほんりゅう》を見ずには済まされまい。

硬い音がした。ベルタン男爵が隠れていたソファの反対側――エレベーター・ホールのほうで。

黒衣の影がエレベーターの前に立っていた。

黒いサングラスをかけ、同じ色のオーバーを着こんだその右腕は、いま床を叩いたばかりの黒鞘の一刀で、身体を支えているように見えた。

2

「なんだ、てめえは？」

稲城が敵意を剥き出しにした。ガードたちの同感の視線が男に集中する。

「この女と同じ遅刻野郎か。いま、取り込み中なのがわからねえのかよ？」

「ああ何も見えんのでな」

と男が答えた。

「なにイ、てめえ？　こら、驚いた。眼も見えねえのに、ガードマンをやるつもりかよ」

稲城は歯を剥いて嘲笑した。幾つかの笑いが上がった。それを止めたのは、この場にふさわしからぬ静かな女声だった。

「そのサングラス――闇色のオーバー――黒鞘の太刀」

電撃が魔人たちを打ったようであった。盲目の男を貫く視線は、別のものに変わっていた。

「聞いた覚えがあるわ。見えないものも斬《き》れるボディ・ガード、名前は確か――」

「暮麻忘《くれまぼう》」

それは薙刀の若者が洩らした声であった。男たちは茫然と立ちすくんだ。

「誰の邪魔をする気もない。――下りたらおまえたちがいただけだ。つづけろ」

凶人たちをその名前だけですくませた男は、こう言ってから、

「済まんが留守の間に鍵を借りたぞ」

「聞こえないわ」

失神を継続中の多古に代わって、イヴが応じた。

すうと白い花のような女が前へ出て、

「お聞きになっていたかも知れませんが、私、瑠々井美月と申します。――お迎えにあがりました」

どうやら彼女の夫は、二人の訪問を予言したらしい。

暮麻は軽くうなずいただけだった。

およそ、盲人とは思えぬ足取りで彼がやってくると、棒立ちの雇い人たちには眼もくれず、美月は二人に向かって、

「こちらへ」

と慇懃《いんぎん》に言ってから、車のほうへ歩き出した。

イヴはカウンターへ戻り、まだ床の上でよたっている移木の肩を摑んで立ち上がらせた。

「しっかりしてよ、ボス」

美月がふり返り、

「その方は？」

と訊いた。

「さっきも言ったけど、お宅のガードマン志望は私じゃなくて、こちら。私は彼の用心棒よ」

美月は虫ケラを見るような眼つきで、まだへたり込みたそうな運転手を見つめ、

「変わった雇い主ですのね。――では、ご一緒に」

三人が出て行くと、用心棒たちはすぐに部屋へと散った。気を取り直した多古もスタッフルームへ去り、閑散《かんさん》たるロビーに長身の影だけが残った。黒人だ。しばらくあたりを見廻していたが、じき、彼はベルタン男爵が隠れていたソファのほうへ歩き出した。

背の穴に眼を止め、前に廻って床の上を見る。三〇センチばかりの赤いゴムみたいなものが、ぐんにゃりと眠っている。驚くべきは、その先が固いタイルに食いこんでいることだ。摑んで引いた。ちぎれずに出てきた部分は一〇センチもあった。

流線型の先端を黒人はじっと眺めた。

「これは……舌か」

と英語でつぶやいたのは、数秒後であった。

応接間に通されて一分としないうちに、美月が戻ってきた。

いかにも高級そうな和服の老人がついてきた。美月の表現からは想像もできない、野獣を思わせる精悍さを備えた男であった。八〇歳という年齢は顔の皺《しわ》や見事な銀髪に表れているが、しなびた風情《ふぜい》など薬にしたくもない。

「主人でございます」

と美月が恭《うやうや》しく紹介した。

「瑠々井栄作《えいさく》だ」

軽い会釈《えしゃく》をした。傲慢《ごうまん》というより、挨拶の仕方を知らないようであった。黒檀《こくたん》のテーブルをはさんで腰を下ろし、毛深い手を胸もとから差し入れて、ぼりぼりと掻《か》き——どころか掻きむしりながら、

「あんた方のことは、水晶占いでわかっていた。よく来てくれたといっておこう。他の五人など、あんた方に比べれば、いないよりましというだけの連中だ。が、それでも、多少の役には立つのでな」

イヴと暮麻の顔を、ゆっくりと値踏みするように見つめていた眼が、三人目——移木に止まるや、

「ひとりだけ、員数外がいるようだが、あんた——イヴさんとやらどうしても、こちらがいないといかんのかね？」

「そういう契約でして」

「ふうむ、困った。――正直言って、この家には、選ばれたもの以外には見せたくない品物も数多い。万がいち、盗まれでもするとな」

こう言って、じろりと探るように見られた途端に、移木が切れた。

「いわせておきゃあ、このエテ公野郎」

憤怒《ふんぬ》の炎を全身から立ちのぼらせて叫んだ。成程、瑠々井の顔は、必要以上に大きく開いた鼻といい、せり出した歯茎《はぐき》といい、退化ないし人類になるべく進化途上の生物に近いといえないこともない。彼と美月の間にどのような子供が生まれるかは、誰よりも遺伝学を学ぶ者にとって、興味ある問題にちがいなかった。

「こっちは、クトゥルー一派が海の中でも町の中でもうろついてるみたいな、こんな辛気《しんき》臭え土地なんざ来たかなかったんだ。まして、あんな得体の知れねえ用心棒を抱えてるエテ公なんかに、おめおめ雇われて堪るかよ。おい、イヴ――帰るぞ！」

パパパン、と平手打ちするみたいに小気味よくまくしたてたものだから、そこにいる全員が口をはさむこともできずにいたが、いきなり出ていくとは思わなかったものか、呼ばれたイヴが、

「気が早くありません？」

とたしなめるように言った。

「うるせえ。おれは雇い主だぞ。出て行くったら出て行くんだ。さっさと来やがれ、この馬鹿女《あま》！」

移木はドアから飛び出して行った。その後ろ姿を、不思議と和やかな眼で追いつつ、

「困った主人だこと。——でも、雇い主である以上、仕方ありませんわね」

とイヴも立ち上がった。

「待て」

と重々しく止めたのは、瑠々井であった。異様に長いもみ上げを手の甲でこすりながら、

「君は本当にあの男に雇われておるのか？」

苦々しく訊いた。

「一応は」

とイヴは片手でポンチョを引き上げた。奇妙なことに、矢の痕はほとんどふさがり、雨にでも流れたのか、跳び散った血潮は跡方もない。

「契約を解除したまえ」

「ルール違反は苦手ですの」

瑠々井の怒りをあおりたてるような口調であった。案の定《じょう》、こめかみのあたりに、ぴっと青筋が浮き上がったところを、

「あなた、ここはお話だけでも」

と美月が賢明なフォローをしてのけた。

「それはまずい。いまの男にも知られるぞ」

唸るように言う夫の肩に手を置き、

「ご主人にしゃべらないと約束していただけませんか？」

これも計算のうちか、すがるような調子を少しだけこめて、イヴへ問いかけた。

少し間を置き、

「なるべく意に添うようにします。――ただし、何をきかされても、私の雇い主はあの人――ご了承下さる？」

「もちろんですとも。――ねえ、あなた？」

と夫の肩を押さえた手に力をこめた。

「わかった」

と瑠々井はうなずいた。

「この土地を訪れると星が語った女――いずれは、わしのもとへ来るだろう。星の描いた運命は鉄だ。――かけたまえ」

人を人とも思わぬがゆえに瞬時に爆発する気の短さは金持ちの共通点だが、瑠々井の抱えている難問は、それさえも抑制し得るほどの大事らしかった。

イヴが戻ると、彼は毛むくじゃらで、白くさえ見える両手をテーブルの上に置いて指を組み合わせ、沈痛な面持ちで語りはじめた。

黒檀のキャビネットにかがやく黄金の置き時計が、無機質な音を刻んでいた。

すべては一〇年前に遡《さかのぼ》る。

そのとき、忽然と生じた想像を絶する運命の顎《あぎと》は、今なおこの世界を、この星を、凶猛《きょうもう》な牙でくわえつつ、日ごとにその締める力を増加させつつあった。

「H・P・L――ハワード・フィリップス・ラヴクラフトは、小説家ではなく予言者だったらしいな。いや、幻視者と呼ぶべきか。コリン・ウィルソンは彼を一九世紀のイギリスに生まれていたら、キーツのような詩人になっていただろうと評したが、いまとなれば、誰もがわしの説に納得するだろう。ああ、クトゥルー神話よ、太古の神々よ、今なお、奴らが大洋《おおわだ》の下に広がる廃墟から、人間の単位では決して表わせぬ汚怪《おかい》な星間物質に満ち溢れた遥かな宇宙の彼方から、本当に地球を狙っていたとは、な。その意味では、ラヴクラフトの弟子――なんと言ったか。そうだ、ダーレス――オーガスト・ダーレスのほうが正しかったのかも知れん。ラヴクラフトはクトゥルーや他の邪《よこし》な神々との関係を、必ずしも明確には出来なかったが、ダーレスはやってのけた。細かな間違いは際限もなくあるが、それは大筋で適中していたのだ」

慨嘆《がいたん》ともいうべき瑠々井の口述はここからはじまった。

H・P・ラヴクラフト——クトゥルー神話。

かつて、少数の怪奇《ホラー》小説愛好家の熱烈な支持を受けていたにすぎなかったささやかな作品群が、いまや世界の現実そのものになろうとは、いかなる予知能力者、オカルト研究家も想像だにしなかったにちがいない。

ゴシック小説の鼻祖《びそ》、ホーレス・ウォルポールを皮切りに連綿とつづいてきた欧米怪奇小説の歴史が、ついには人間の内奥《ないおう》にそのメスのごとき眼差しを注ぎ、いわば内的収斂《しゅうれん》の袋小路に落ちこんでいたとき、アメリカの古地ニュー・イングランドでは、ひとりの作家が再び、人類の頭上遥かに茫漠と広がる大宇宙の恐怖に着目しつつあった。

彼が描いたものは、地球という名の星にかつて存在した古き〈旧支配者〉の物語であり、人類の想像を絶する抗争の果てに姿を消した彼らの一部が、いまなお人々の日常生活の陰に見え隠れしつつ、その理解し難い存在の証《あかし》——超次元の恐怖をふり撒いているということだ。海底に沈んだ魔都ルルイエに今も生きるクトゥルー、怪異なるフルート吹きの演奏する調べにまどろむ知恵を持たぬ盲目の神アザトホース、そして、あらゆる時間と空間に同時に存在する魔神ヨグ＝ソトホース、千匹の仔を孕《はら》みし森の黒山羊《やぎ》シュブ＝ニグラス。——ラヴクラフトの手になるはずの架空の神々。彼らもまた現実の存在と化した。

一〇年前——というのは簡単だが、精緻《せいち》な限定を加えようとすると、彼らの出現をいつ、いかなる現象をもって嚆矢《こうし》と認めるかに関して、議論は百出《ひゃくしゅつ》して収まらない。

入手し得る限りの情報から世界中の研究機関がかろうじて導き出した結論は、三月一五日、アリューシャン列島沖を航行中のフィリピンの貨物船「ソールバス」五八〇〇トンが沈没した事件である。これは、後のアメリカと日本とフィリピン及び国連の調査結果とも一致する。驚くべきは、こんな場合でも我が国こそ最初と主張するトンチキがいたことで、国連会議の席上、他の加盟国の大使全員から糾弾された。

今回の大異変が「クトゥルー事変」と呼ばれるのは、この沈没事件の際、二等航海士のひとりが撮影したスナップ写真に、洋上からこちらを凝視する悪夢のような生物が映っていたためで、それが全世界へ報道された結果、クトゥルー神話の愛読者から、ラヴクラフトの傑作といわれる「クトゥルーの呼び声」のコピー付き投書がマスコミ各社へと殺到した。

当然のごとく一顧《いっこ》だにしなかった当局の眼を剥かせたのは、以後、陸続《りくぞく》と勃発《ぼっぱつ》した大異変が、すべて、一作家の小説中に描写される邪神たちと瓜二つ——いや、そのものの怪生物によって引き起こされたためである。

ニュージーランドの中型都市を暗黒の渦に同化吸収させたのは、怪美なフルートの音に酔い痴《し》れる盲目の神アザトホースであり、極地上空を通過するボーイング七四七を撃墜した妖物はシャンタク鳥に他ならず、イルクーツクの住民全員を角《つの》と蹄《ひずめ》を有する黒い仔山羊に変身させた怪魔は、シュブ＝ニグラスとしか思えなかった。彼らが何処に存在し、何処からやって来たのか、なぜ揃って同時期に出現したのかは、すべて謎のままである。

今度の大異変で唯一、金銭的な恩恵を受けたのは、ラヴクラフトの著作を出しつづけていた出版社であった。生前に一冊の著作も出なかったニュー・イングランド——ロードアイランド州プロヴィデンスのマイナー作家は、まさしく世界一の高名を勝ち取ったのである。

世界中の家庭で、政府の秘密機関で読破された彼の著作は、軽く五〇億冊を突破した。読み方そのものは、あり得ぬひとときの恐怖を味わうためではなく、読者の身を守るための手引き書、世界中を妖異の混沌《こんとん》に巻き込む怪事の解明書としてであったが、ラヴクラフト自身がそれを憂《うれ》うことはあるまいと、マニアたちの意見は一致している。

軍以外の公的武力集団——警官たちにも、神話はそれなりの敵を与えた。

「クトゥルー教団」

「ダゴン秘密教団」

「ツァトゥグァ同盟」

等々と名乗る狂信団体や隠秘《いんぴ》集団が、各地で邪神崇拝の火の手を上げ、生け贄にされる市民が続出したのである。大半は即席の団体にすぎず、警察の武力行使でたちまち崩壊したものの、中には本物もあった。北アメリカの南部——ニューオリンズの沼沢《しょうたく》地帯では、半人半魚の〝インスマウス野郎〟たち——それも、ラヴクラフトの創作になる半魚人が住む海辺の町の名前だが——がうろつき、警官と州兵の銃撃を受けた。彼らの死体は各国政府の要求にもかかわらず、米政府の施設内にとどめ置かれている。正体はポリネシア方面の伝説の魚怪と人間との混血と信じられている。

ラヴクラフトの筆になった邪神たちが出現した以上、その目的や制圧法も作品や書簡に――と考えるのが常識というものだが、これは失敗に終わった。

地球規模の異変にその名が冠された邪神クトゥルーにしても、代表作「クトゥルーの呼び声」では、海底の遺跡から彼が解放された後、人類は一掃され、残ったクトゥルー崇拝《すうはい》者たちが血の狂宴を繰り広げる――という通俗的な描写しかなく、邪神の一方の雄――ヨグ＝ソトホースも、本格的な恐怖の対象として出現する「ダンウィッチの怪」では、地球自体を別の場所へ運んで、理解し難い凶事を成すなどと、やはり取ってつけたような動機しか備えていない。これは、ラヴクラフトの予言者としての能力が、必ずしも十全なものではなく、かつてノストラダムスと呼ばれた人物が、四行詩の形で人類の未来図を発表せざるを得なかったのと同じ轍《てつ》を踏んだのであろう。

邪神出現の目的も原因――これは作者と同時代を舞台にしたラヴクラフトの作品では予言不可能であった――も不明。何よりも、彼らの殲滅法がわからなかった。

ただ、「ダンウィッチの怪」において、ヨグ＝ソトホースの息子を斃した魔法薬の調合が、『死霊秘法《ネクロノミコン》』に記されていたため、この魔道の書を求めて、全世界の諜報《ちょうほう》機関が今も南極の氷雪の大地から南米の大ジャングルの遺跡まで暗躍中のはずである。

狂気のアラブ人アブドゥラ・アルハズレッドの手になる前記『死霊秘法《ネクロノミコン》』をはじめ、人類誕生以前の種族が物した『ナコト写本』、ヒューペルポリアの大魔道士が著した『エイボンの書』、ドイツの奇人フォン・ユンツトの『無名祭祀書』等々、架空としか思われていなかった一連の魔道書は、いまや人類が直面する一大危機の打開策を秘めた存在として、聖杯のごとき血まみれの探究の的と化した。かつて、『死霊秘法《ネクロノミコン》』ありとの広告を出したニューヨークの古書店の主人に至っては、三日の間に五度にわたって五種類のグループに誘拐されかかり、ついには自ら放火に手を染めて、市警の留置所へ収監され、やっと安寧を得たという。

なお、ラヴクラフトによれば、『死霊秘法《ネクロノミコン》』には、刊行された時代により数種の版がある。九五〇年にテオドラス・フィレタスがアルハズレッドの原典をギリシャ語に翻訳、一二二八年にオラウス・ウォルミウスによってラテン語に翻訳された。このラテン語版が、一五世紀にドイツでブラックレター（アルファベットの書体の一つで、日本でいうゴシック体とは異なる）で、一七世紀にいたってスペインで極秘裏に刊行された。公的機関に現存するといわれる数部――すなわち、パリの国立図書館、ハーバード大のワイドナー図書館、ブエノス・アイレス大学図書館、及びアーカムのミスカトニック大学付属図書館等に所在が確認されているものの殆どは、この一七世紀にスペインで刊行されたものである。大英博物館所有の版は一五世紀のブラックレター版である。

もちろん、これはあくまでもラヴクラフトによる創作で、目下、国連の手で存在が確認されている『死霊秘法《ネクロノミコン》』は、ミスカトニック大学のただ一部が、一〇年前の大異変勃発のさらに一〇年前、狂った学長が手ずから地下の大金庫室に移送――時間錠をかけてしまったため、きっかり三〇一年後の聖ミカエルの日――午前零時一分前まで、誰も眼にすることができない。外部から無理に金庫を開けようとすれば、内部に仕掛けられた焼夷爆薬がすべてを灰と化せしめるのである。

3

「邪神どもの正体や出自については、『超時間の影』や『狂気の山にて』らを読んでもらうことにして」

と瑠々井は本題に入った。

美月も含めて、自分を凝視する三つの顔へそれぞれ視線を当て、

「わしはひと月前、ついにクトゥルー退治の秘法を探り当てたのだ。君たちと後の五人のガードを選んだのは、言うまでもないが、クトゥルーとその眷属どもの魔の手から、わしを護衛してもらいたいからだ。わかるかね、わしは、この田舎町の小さな岬の上で、世界を救う術を完成させたのだよ」

テーブルの上で握りしめられた瑠々井の拳がぷるぷると震えた。唇がめくれ上がり、ピンクの歯茎と異様に頑丈そうな歯が剥き出しになる。眼には陶酔のうす膜がかかっていた。いま、毛むくじゃらの田舎名士は世界の救世主と化しているはずだった。

「それは結構な話だが」

暮麻が口を開いた。美月がはっとそちらを向く。もの静かでいて、そんな効果を持ったひとことであった。

「なぜ、私と——そちらだけを招いた？」

「さっきも言ったろう。星が命じたのだ」

「何を占っていた？」

「世界の運命だ。そうしたら、不意に君たち二人の顔と名がホロスコープに浮かんだのだ。わしの経験でも初めての現象だ。スコープの座標は、すべてひとつのことを示していた。すなわち、わしの家へ訪れることを」

「運命ですわ」

　と美月が自らに言い聞かせるように言った。

「確かに来たわね。――なら、これで失礼するわ」

　すっと立ち上がったイヴへ、瑠々井と美月は信じられないという眼差しを送った。

「何処へ行く？　ここにいたまえ」

「忘れたの？　私はあの人の雇い人なのよ。移木さんの」

　もはや、何の興味も失ったかのように、イヴは一同に背を向け、ドアのほうへと歩き出した。

　ドアノブに手をかけて立ち止まり、

「あなたは残るの？」

　ふり向いて暮麻に訊いた。

「眼が不自由では、夜道は怖くてな」

「気をつけてね。——怖いお屋敷よ」

「待て、——君はわしから離れることはできん。星がそう命じておるのだ」

瑠々井は捻るように言った。

「この世の星が、ね」

イヴはにっと笑った。

「そんなにお星さまの占いが信じられるなら、私の素姓も調べてごらんなさい」

そして、美女は音もなく、うねるような腰の動きを見せて、ドアの向こうに消えた。


雨はここでだけ降ることをやめたようであった。

遠くから怒号のような海鳴りが響いてくる。もはや天も地も海も見分けがつかぬ闇の高みから、水の粒はひっきりなしに降りかかって、でぶの首をすくめさせた。

「畜生」

とでぶ——滑川宇呑は女みたいにたっぷんとした左胸、そこから生えた鋼の矢を見下ろしながらすすり泣いた。彼はホテルの裏から直接下りていけるプライベート・ビーチの一角にいた。駐車場での対決の後、まっすぐ下りてきたのである。

すでに一時間以上が経過し、ホテル内ではイヴ対海のもの、ベルタン男爵、ガードマン一党との対決も終了していたが、宇呑の関心は胸の傷だけであった。

矢が短いのと脂肪層のおかげで、心臓へも肺へも達してはいないが、痛みに変わりはない。血止めはしたものの、何分《なにぶん》矢が刺さったままでは単なるその場凌《しの》ぎだ。医者へいけばいいのだが、このでぶちゃんの頭の回路はそういう風に動かない。どこに医者がいるのかわからない。探すのは面倒だ。こうなるともう、痛みをこらえながらその場で待つしかなかった。ママか誰かがやって来て、可哀想にと抱き上げてくれるまで。

驚くべきことに、宇呑はボディ・ガード稼業をはじめてから、負傷したのは今回がはじめてであった。それでこんな重傷を負ってしまうとは。

「ママ……痛いよ、とっても痛い。畜生、畜生め……あの二人……覚えてろ。必ずお返しはしてやるぞ」

そして、彼はすでに何百回となく繰り返した行為に着手した。矢の根本を摑んで抜こうと試みたのである。

だが、指の一本が触れただけで、全身に鈍い、骨まで響くような痛みが走って、

「いい痛い」

とあきらめた。

そうこうしているうちに、闇はそれ自体が氷塊《ひょうかい》みたいに冷えつき、打ち寄せる波は、彼の隠れた岩にまで雪片《せっぺん》のごとき波飛沫《なみしぶき》をふりかけてくる。

ガードマン志願者のひとりとして、ホテルにひと部屋は確保してある。そこへ逃げこまなかったのは、も

ちろん、イヴとあの盲目の男の追撃に怯えたからだ。宇呑が負傷したからといって、攻撃を中断するようなやさしい相手とは到底思えなかった。

いつの間にか再び出血しはじめた傷は、宇呑の体力と体温を奪い、彼は何度かけだるい眠りに引きこまれかけた。そのたびに意識を取り戻させたのは、なぜ誰も自分を救《たす》けに来てくれないのかという理不尽な怒りと、こんな目に遭わせた二人の男女に対する憎悪ゆえであった。

だが、この場で自己憐憫《れんびん》に浸っている限り、行き着く結論は明らかだ。つう、と彼は何度目かの、今度こそ醒めそうにない眠りへ吸いこまれた。

暗黒の中に笑い声が響いたのは、このときだ。

疲労し消耗しきった肉体と意識が、こんなことで正気づくはずはない。しかし、宇呑は細い眼を開いた。

確かに聞こえる。

耳を圧するのは寄せる波音と海のどよめきなのに、その声は水を貫く氷の刃のように鋭く流れてきた。

その何という甘く、挑発的で、妖艶な笑い声よ。――女の声であった。

妖しい術にかけられた少年のように宇呑は立ち上がり、岩陰から出た。

全身に雨と風と波飛沫が当たったが、気にもならなかった。

女は、二メートルと離れぬところに立っていた。背景は黒い海であった。

白い女――顔も手も布を巻きつけただけと見える衣裳すらも白い。天に光はなく、明かりといえるのはホテルの窓だけだ。本来なら、闇に溶けこんで輪郭《りんかく》すらわからないはずなのに、女ののっぺりした生々しい美貌の造作から、にんまりと笑った厚めの唇の筋の一本一本まで、宇呑は見ることができた。

長い黒髪はその顔といわず肩といわず、べったりと貼りつき、しかし、その膝から下は波の中に消えている。どう見ても、いま、海から上がってきたとしか思えない。それなのに、宇呑は気にもしなかった。女はそれほど美しかったのである。

「可哀想にね、肉付きのいい坊や」

女は確かにこう言った。声は金鈴《きんれい》の響きのように耳孔《じこう》から脳内へ流れこみ、宇呑を一種の催眠状態に陥れた。

「そうなんだよ、痛いんだ、とても」

彼は左手で胸の矢を指さした。

「それなのに、誰も救けてくれないんだ。みんな、僕がどうなってもいいと思ってるんだよ」

「そう――可哀想にね。私は坊やを悲しみから救い出すために来たの。ね、私にまかせてみる？」

「うん、うん」

何度もうなずく丸まっちい顔は、半べその子供そのものであった。

女が近づいてきた。ぷん、と鼻孔《びこう》を覆ったのは、香水やオーデコロンの香りではなく、潮臭い海の匂いだったのに、宇呑は――鋼の矢を自在に操ってイヴを窮地《きゅうち》に陥れた戦闘者は、甘美な香料に脳まで痺れさせた麻薬中毒者のように、白い豊かな女の胸の中へ身を投げ出していった。

胸のふくらみは、ぐっしょりと濡れていた。

女は片手で白衣の合わせ目を引き下げ——それは、まさしく布を巻いたみたいに上下に開くのであった——豊満な乳房を露出させると、すすり泣く宇呑の口元に持っていった。

唇がそれを吸うと、女は低い喘《あえ》ぎを放った。

「おいしい、坊や？　おいしい？」

「うん」

といったん唇を離し、でぶはまた吸った。やがて、二人は波の上で妖しくもつれ合いはじめた。

矢の痛みも忘れたかのように求める宇呑の手の下で、女の衣裳は剥かれ、白い女体は生々しくさらけ出された。絡み合う四肢に波がまとわりつき、重なり合った唇を潮《うしお》が愛撫し、ねぶり合う舌と舌の間から気泡が立ちのぼった。

自分が水中にいるのに宇呑が気づいたのは、それから少し経ってからだったが、呼吸は変わりなくできたため、彼は再び何もかも忘れて生あたたかく生臭い女体に潜りこんだ。

第四章　女怪闘神

1

「えれえとこ来ちまったなあ」

と移木がごちたのも無理はない。

二人は岬の瑠々井邸からホテルへの道を、文字通りてくてくと歩いているところだった。下世話な言い方をすれば、ケツをまくって瑠々井邸をおん出てしまったため、傘もない。ずぶ濡れだ。それなのに、移木は妙にご機嫌であった。愚痴りながらも、ちらちらと背後のイヴをふり返って、にやりとする。

このとんでもない女が、侮辱された自分に従って瑠々井邸を出てきたことが、彼には嬉しくて仕方がないのだった。

「どっかで雨宿りしなくちゃな。車でも通りゃあいいんだが、仲々、そうは――」

と言ったとき、闇の向こうに光輪が浮き上がった。雨の音を押しのけてエンジン音が近づいてくる。

「お、瑠々井の野郎、追手をさし向けやがったか」

背後のイヴを意識して、凄んでみせる移木へ、

「方向が逆よ」

とイヴは言い放って、ぎゃふんとさせた。

道には一応、街灯が点っている。五〇メートルほど前方に立つ一本の下で、車は止まった。雨の筋が軽トラックの車体を霧で包んだ。

助手席のドアが開いた。道端へ人影が跳び出し、ガードレールを越えて下方へ――海岸のほうへ転がっていった。

「捨てたんだぜ、あの落ち方は⁉」

喚くなり、移木は軽トラックのほうへ走り出した。

車はエンジンをふかしてバックし、道一杯のカーブを描くや、もと来た方向へ疾走《しっそう》しはじめた。

「待ちやがれ、こら」

と五、六メートル走ってあきらめ、移木は人影の放り出されたガードレールのほうへと歩いていった。

「一体、何事だよ見えねえや」

と海のほうを見下ろして呻いた。

「おい――わっ⁉」

ふり向いた眼の前にイヴがいた。

「下は砂地よ、倒れているわ」

「そうかい――さ、行くぞ」

と移木は道路を歩き出そうとした。

「私はいいけれど――それで気が済むの？」

「おかしなことを言うな。これ以上、厄介事は真っ平だ。大体、おめえと会ってからロクなことがねえ」

吐き捨てるように喚いて、大股で歩き出す。

一〇メートルほど歩いて立ち止まり、移木はダンサーみたいに地面をつづけざまに蹴った。

ふり向いた眼は直ぐ後ろに焦点を合わせていたが、イヴがもとの位置にいるのに気づいて、舌打ちをひとつし、戻ってきた。

「どうしたの、ご主人さま？」

皮肉っぽい笑みに顔をそむけながら、

「後で警察沙汰にでもなったら面倒だ。助けて来い」

「私ひとりで？――重いわ」

「えーい、おれも行かあ」

とはいうものの、下まで五メートルともなると、下りるのにいい手段も浮かばず、移木がとまどっていると、その腰にぐい、と冷たい腕が巻きついた。

「わっ」

悲鳴は下へと流れ、砂に何かがめりこむ音は、それに反して軽やかであった。

「なな」

まだ事態を呑みこめず、口をぱくぱくさせている移木から手を離し、イヴはかたわらの地面を見下ろしていたが、

「いないわ」

と言って、彼にこちらを向かせた。

「ほんとかよ？」

と移木ものぞきこんだが、一面の闇である。彼はポケットからライターを取り出して火を点けた。

頼りない光の中に、砂地とかなり大きな窪みが浮かび上がった。

「手をついた後もあるな。——お、足跡だ」

「どうするの？」

「ここまで来て放っとけるか、馬鹿女。追っかけるんだよ」

「人のよろしいこと」

「うるせえ」

と、炎の上に手をかざして歩き出しかけ、移木はあることに気がついた。

この女、ライターを点す前に、落ちたところを見つけた。暗闇でも眼が見えるのだろうか。そういえば、さっきも道路から下を見た——

しかし、問いかける気分にはならず、移木は砂上に残る足跡と——その周りに散らばる黒点——血痕《けっこん》を

追って歩を進めた。

五メートルもの高さから落とされ、そのせいかどうかはわからないが負傷している身だ。すぐに見つかるかと思ったが、足跡は意外に確かで、二人はじき、海岸から砂丘を昇り、さっきの道路も横切って、反対側の松林を抜けたところにある一軒家の前に辿り着いた。

今風の建売り住宅である。

「ここが家か。大した怪我じゃなかったんだな。まあいい。——行こうぜ」

と道のほうへ戻ろうとしたが、イヴは門の木扉を押した。

「おい——何をする——」

「傘を借りるのよ。——寒いわ」

「取り込み中だ。まずいぜ」

「私は雨が嫌い。あなたも危ないわ」

「ばっきゃろう、おれは——」

言葉は急に間のびし、移木は大きなくしゃみを弾いた。張りつめていた気分が一段落した途端、骨まで凍りついているのに気がついたのである。

「あわわわわ」

と両腕を揉む男を、雨よりも冷たい眼で眺めて、イヴは黙って門扉をくぐった。

雨が血を消している。イヴは玄関の前に立って、ガラス戸の横のブザーを押した。

返事はない。少し待っても同じだ。

黙って戸を引いた。びくともしない。

「おい、行こうや。仕様がねえよ」

「裏へ廻ってみるわ」

「いいから！——人にはそれぞれ都合ってもンがあるんだよ」

抗《あらが》うかと思ったが、イヴは玄関に背を向けて移木のほうへやってきた。

足を止め、ふり向いた。

移木の耳に、玄関の奥から足音と鍵を外す音がきこえたのは、少し後である。

ガラス戸が勢いよく開いて、小柄な影が跳び出してきた。もっと勢いがよかった。

その後から、

「やめなさい、剛志《ごうし》！」

女らしい声が響いたが、却ってそれに押されるように、影——一〇歳前後と思《おぼ》しい男の子は、イヴめがけて駆け寄り、二、三歩手前で立ち止まると、全身を叩きつけるようにして、

「帰れえ！」

と絶叫した。

上体は前へのめり、両膝に当てた拳は震えている。遠くで犬が鳴きはじめた。

この女に向かって——と移木は凍りついたが、イヴのほうは案外、平然と、

「小さなファイト・マンね」

と見下ろした。

丸首のセーターにコールテンのスラックスをはいた坊主頭の少年であった。イヴを見上げる瞳は、清廉《せいれん》で怒りに燃えていた。

その後ろから木のサンダル音とともに駆け寄った女が、両手で抱きしめ、

「馬鹿、いらっしゃい！」

と引っ張っていこうとしたが、少年は手足をふり廻して抵抗した。女性は二人へ、

「早く帰って下さい。もう構わないで！」

細面《ほそおもて》の顔は、もとからそうなのではなく、面《おも》やつれの結果らしかった。

一発で移木は事情を呑みこんだ。

「わかった。いま、出てくところだよ」

と門のほうへ後じさりしたが、イヴは動かず、

「あれ——お父さん？」

と訊いた。

母子《おやこ》の動きが彫像のように固定した、
次の瞬間、少年は母の腕の中で、声帯が破れてもおかしくない大声を張り上げた。

「父さんをあれって言うな！」

「剛志！――お願いです。もう帰って下さい」

母親の声は逆に低く――すすり泣いているようであった。

「おい、イヴ――行くぞ！」

堪りかねた移木も叫んだ。

「私はいいけれど」

とイヴは母子――その背後に現れた奇妙に歪んだ人影のほうを向いたまま言った。

「海からのお迎えは帰さなくていいの？」

そして、彼女は移木のほうをふり返った。

母子と移木が愕然とそちらへ眼をやり、門の前に立つ白い影を認めた。

玄関からの光も届かない闇の中に浮き出た白い女を。隣家の犬の咆哮《ほうこう》は熄んでいた。

それから、母親は背後の人影をふり向き、

「あなた!?」

と悲鳴のように叫んだ。

父親は妙な体型をしていた。恐らく帰宅してすぐ二人がやってきてしまったため、脱がすこともできなかった上衣を着て、それが妙に合っていない。体型がおかしいのだ。

首が異様に短く、極端な前傾《ぜんけい》姿勢から突き出た顔は血まみれで大きく眼がせり出し、分厚い唇と狭い額
——蛙《かえる》に似ている。

「〝インスマウス面〟だぜ」

と移木が呻いた。

「父さん　行っちゃ、駄目だ！」

剛志が母の手をふり払って父親に走り寄り、母も後を追った。

「帰って——みんな、帰って、帰って！」

悲痛な叫びが雨の音に混じった。

ずい、と父親が前へ出た。母と息子を引きずったまま——人間の力ではなかった。

「何だ、おめえは？」

移木が白い女に訊いた。声に力はない。イヴにも劣らぬ美貌に頭が溶けてしまったのだ。

返事はない。

女が右手を上げて手招いた。妙にぎこちない仕草《しぐさ》だった。

父親が、また進んだ。

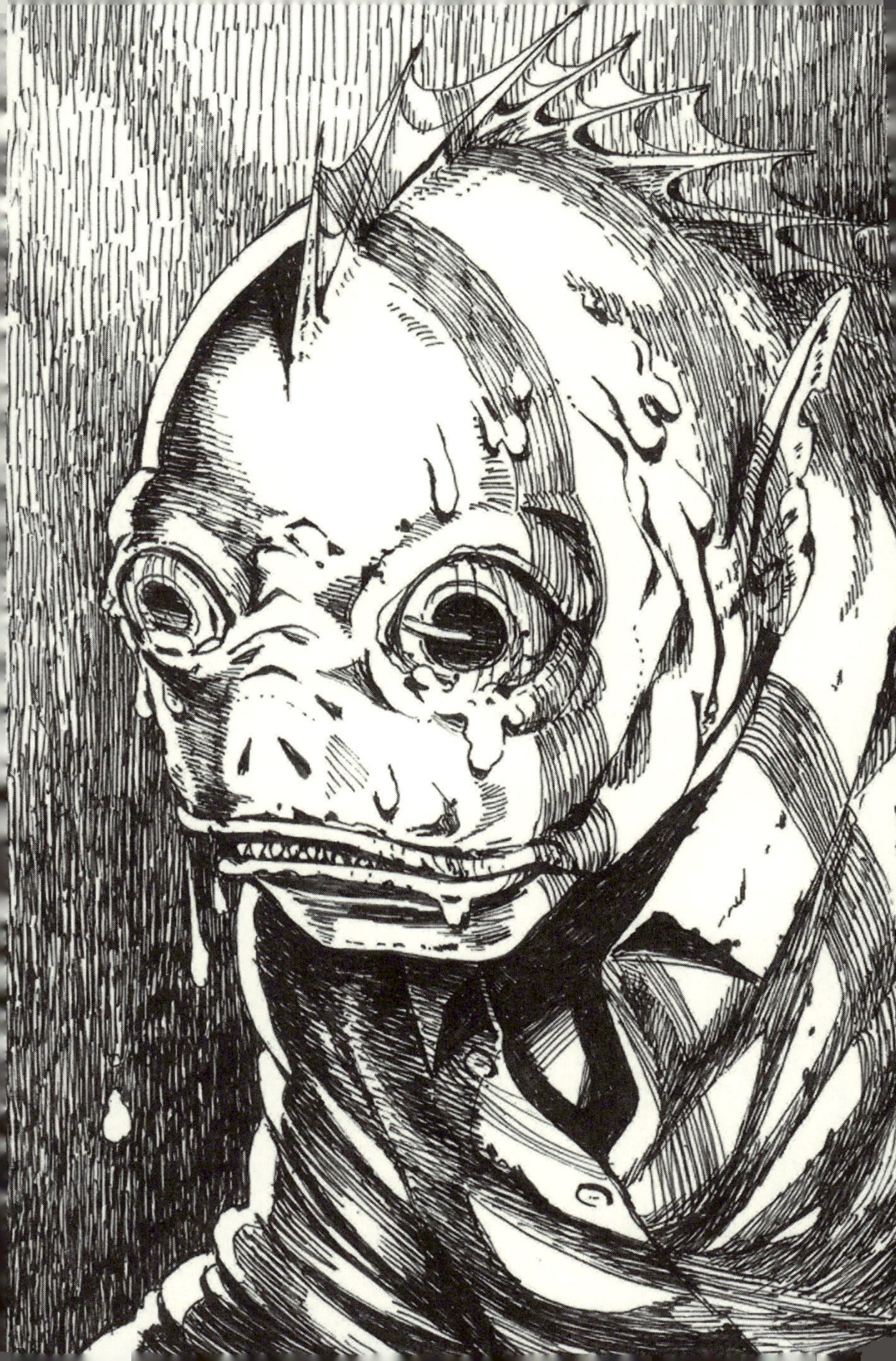

「父さん⁉」

少年の声は一〇歳の男の子らしい――泣き声に変わった。

移木は前へ出た。少年の声が怖れを忘れさせていた。

「てめえ！　この化け物が。インスマウスへ帰《けえ》りやがれ！」

いきなり殴りかかった腕は空中で白い繊手《せんしゅ》に止められた。

食いこむ指の痛みよりも、ぬめぬめとした爬虫類そっくりの感触が、彼の動きを停止させた。

女が腕をひねった。

嫌な音がして移木の肘《ひじ》は折れた。その場へへたりこんだその腕を離さず、女はもう一度ひねった。

金属音そっくりの悲鳴を上げて、彼は失神した。

女はようやく離した手を上げ、男をさし招いた。

男は動かなかった。

白い女の手と男の間に、蒼いイヴが立っていた。

「おまえね」

と白い女は、じっくりとイヴを見据えた。

「よくご存知だこと」

とイヴは言った。愉しげに。

2

数億年前、地球は豊かなシダ植物類の大海と化し、緑の大地をひっきりなしに雨が叩いていたというが、それが戻ってきたのではないかと思われるくらい、大きな雨粒が容赦《ようしゃ》なく降りつづく晩であった。

ただし、場所は平凡な住宅の玄関先で、空気は肌を切るほどに寒い。

妖しいまでに美しい二人の女がそこで向かい合い、互いに必殺を期していると、誰が夢想しただろうか。

すべての音は雨音に吸い取られ、その雨音さえも自ら消滅したようであった。

「私はギル」

と女は名乗った。

「おまえは？」

「化け物に名乗る名前などないわ」

冷ややかな答えに、ギルのあるかなきかの柳眉《りゅうび》がつうと吊り上がった。失神した移木がこれを聞けば、呆れ返って別の失神状態に陥ったかも知れない。彼にとって化け物とは、イヴ以外にはあり得なかったからだ。

「確かに、我が主人が強敵来《きた》れりと告げただけのことはありそうね。それが空振《からぶ》りでないことを証明してもらいましょうか」

こう言うと、白い女——ギルは右手を衣裳の胸もとに当てた。布の合わせ目を引き上げたのである。その間から、何か白っぽい、平べったいものが数個、ふわりと漂い出るや、イヴめがけて滑り寄っていった。傘みたいに平たい頭部の下から、白い糸が数本水みたいに流れ出た。それは三メートルにも及んだが、地面に届く寸前で身を丸め、イヴとの距離が三メートルに縮まったとき、吹きつけるみたいにのびた。

ギルが眉を寄せたのは、名も名乗らぬ非礼な敵の全身を絡め取るはずだった触手が、不意に突き出された青い腕に誘われるかのごとく巻きついたためである。

だが、ギルはにやりと唇を笑いの形に歪め、イヴはよろめいた。

触手の巻きついた場所から凄まじい——電撃を受けたかのような痛みが身体の芯《しん》を直撃したのである。実際、並みの人間、否、巨大な陸上生物——アラスカ羆《ひぐま》といえど即死したかも知れない。どっと地べたに打ち伏した美女へ、

「その海月《くらげ》、見かけは小さいけれど、ジュラ紀にはプレシオザウルスもひと刺しで殺したわ。どれほどの相手かと思ったら、呆れた見かけ倒し、骨抜きもいいところだったと、ご主人さまにお知らせしなくてはね」

細い眼が玄関先で固まった三つの影を映した。その胸もとへ、ひらひらと半透明のやわらかいガラス細工《ざいく》みたいな生物が離れて吸いこまれる。

「おいで」

と口にしたとき、ふりそそぐ雨が突如《とつじょ》、熱湯と化しでもしたかのように、ギルは身を引き締めて、倒れた女のほうを見下ろした。

彼女だけは地の底から湧き出るような声を耳にしたのである。

「おまえの主人は誰？」

驚愕を湛える眼差しの中で、恐竜すら即死させる神経毒を注入された女は、ゆっくりと起き上がりはじめた。

「ダゴン？　それともハイドラ？」

再び、冷ややかな人外の瞳が、ギルの眼を映した。

「或いは——クトゥルー？」

ギルの両手が布を引いた。

空中に散った白い優雅な姿は、まさしく海の月。

傘の内側にはうす青い花びらのごとき臓器が蠢き、下方へのびた触手は、あたかも水の動きに身をまかせるかのごとく、美しく、妖しくうねくっている。

ギルは海月といったが、これは空中を飛翔《ひしょう》する海月、いや、降りつづく雨を水と考えれば、ここはまさしく水中であった。

またも近づいてくる魔の触手を、イヴは身を屈めてかわした。スローモーションとさえいえる触手の動きは、彼女の身に触れる寸前、しなやかな鞭《むち》のごとくに弾けて、ぴしりと地を打った。

門から玄関まではコンクリートの道がつくられていたが、その表面が見る見る不快な黄土色に変色したのである。

海月のうち、人を刺すのは、毒入りの刺胞《しほう》を持つ鉢《はち》クラゲ類とヒドロ虫類とに属するものだが、多くは刺されてもさしたる害は及ぼさない。ただ、いわゆるデンキクラゲ――カツオノエボシ等はコブラの毒に酷似《こくじ》した神経毒を持って小魚等を捕食、時折り刺された人間も呼吸困難や引きつけを起こして死に至る場合がある。

もちろん、いま、イヴが遭遇した海月は、その美しい外見こそ、魚類の誕生より遥か以前――一〇億年も昔に生まれた生物にふさわしく、内臓する毒素はギルの言うがごとく体調二〇メートル、体重数十トンの巨大恐竜すら即死させるに足りた。

「行け」

ギルの叱咤《しった》に応じてもう二匹がイヴへと滑り寄り、その前後から死の触手をのばす。

イヴが顔を上げた。

ぴゅっと空気が唸った刹那、空を飛ぶ海棲《かいせい》生物は、ジェリー・ムーンという英語名の通り、原形も留めぬ粘塊《ジェリー》と化して地べたへ叩きつけられていた。

声にならぬ声を洩らしつつ、ギルの身体が沈んだ。その頭上を不可視の刃が走り、次の瞬間、風が縦に鳴った。

どぼっ、と泥濘《でいねい》を叩くような響きがギルの背中で上がり、光瞬の間に、白い身体は水のように溶けてコンクリートの上に黒い染みをつくった。

背後で男が崩折《くずお》れる。

「斃しはできなかったよ」

ギルの嘲笑を、イヴは雨のどこかから聞いた。

「いいや、おまえは永久に私を斃せやしない。今度会うのを愉しみにしておいで」

声は雨にかき消され、イヴは無表情にかたわらの移木に近づいた。

「追っ払った……な。大した女だ」

いったん失神したものの、雨の冷たさが復活させたらしい。夜目《よめ》にも青ざめた顔を歪め、

「おっと、触れるな。肘をやられた。畜生、これじゃあ、一生運転はできねえな」

「大丈夫よ」

とイヴは言った。移木のかたわらに片膝をついて。

「何だ？」

「よく、あの女に突っかかっていったわね。無鉄砲だけどえらいわ」

「おまえに誉めてもらっても仕様がねえ。早いとこ医者へ連れてけよ」

「私が治してあげる」

「あ――ン？　――ふざけるな。こっちは生活がかかってるんだぜ」

本気で怒りがこみ上げたところへ、イヴが手をのばして肘に触れた。ひんやりした染みみたいなものが疼《うず》きはじめていた部分に広がり、移木は眼を丸くした。痛みが引いてしまったのだ。

「どこかでゆっくり手当てをしてあげる。すぐには無理だけれど、三日もあれば元通りになるわよ」

微笑《ほほえ》むイヴの顔に、どこかやさしさみたいな翳が滲んでいるのに驚くより、移木は別の――恐怖にも似た感情を口に乗せた。

「あんた――何者《なにもん》だよ？」

「あなたの用心棒」

と蒼い女は赤い舌でその唇を舐めた。舌の先が少し切れていることに、移木は無論、気づかない。

移木の両手を取って、持ち上げると、本体も軽々とついてきた。当人は眼を丸くしている。

「確かに傘どころじゃないわね」

と二人が門のほうへ歩き出したとき、

「待って下さい」

背後から呼ばれた。

母親と少年――剛志が立っていた。別人のような表情が雨に濡れている。

ふり向く二人へ、母親が頭を下げて、

「ごめんなさい。私たち誤解していました。あの夫《ひと》をあんな目に遭わせた町の人かと思って」

「おれもごめん！」

と剛志が手を合わせた。

「父さんがあんな風になってから、町の奴らがやって来ちゃ意地悪するもンだから、小母《おば》さんも小父《おじ》さんも仲間だと思っちゃったんだよ」

「うちの夫のために、そちらの方《かた》は腕まで折られて――あの、お泊まりになっていって下さい。車がないのでお送りはできませんが、あたたかいお風呂とお部屋くらいはご用意できます」

「助かります」

とイヴがあっさりと応じた。

「けど、本当にいいんですか？」

と移木が口をはさんだ。

「いまの喧嘩《けんか》見たでしょ。おれたち、普通じゃあ」

母親の顔に困惑が広がった。眼を伏せた。

「ええ――あの、本当は少し怖いんです。でも、この子が――」

「悪い人たちじゃないってば」

と剛志が力強くうなずいた。

「少しぐらい気味悪くたって、近頃はもっと凄い連中がごろごろしてるじゃんか。それに、おれたちには、まともな奴らのほうがよっぽど性質《たち》が悪いもん」

「だそうですわ」

母親は頼もしげに息子を見やった。こんな眼で見ることのできる母はしあわせだ。こんな眼で見られる子供もしあわせだ。

「さ、お上がりになって」

と玄関のほうを示すのへ、

「お邪魔します」

二人は並んで歩き出した。ふと、イヴは自分を見つめている少年へ、

「ひとつ訂正を要求するわよ、君——剛志くん」

「え、何さ」

「小母さんじゃなくて、お姐《ねえ》さん」

「あ、失敬」

少年は、ぺたんと額を叩いた。これから大きく強くなるのを予感させる、小さいが力強い手であった。

父親は居間のソファに横たわっていた。その顔を静かに見つめ、

「まだ人間らしさは残っているけれど、手遅れね」

とイヴは言った。周りの感情を丸っきり斟酌《しんしゃく》しない言葉に、母子は顔を見合わせ、移木は跳び上がった。

「何てこと言いやがる。――どうして、おまえにわかるんだ？」

「〝インスマウス面〟には明らかな段階があるのよ。ちょうど、癌のように。瞼《まぶた》と唇がここまで厚くなっては、人間には戻れない。――だから、町の連中に疎《うと》まれたんでしょう？」

いちいち肺腑《はいふ》を抉《えぐ》るような指摘にも、相手が腹を立てず、首肯《しゅこう》せざるを得ない不思議な力があった。

「おっしゃる通りです」

こう言って母親はハンカチを眼に当てた。

「でも、ここは安全地帯だったはずだぜ。最初の頃はあいつらもうろつかなかったんだろ？」

移木のとまどいを、

「現在《いま》はちがうわ」

とイヴが打ち砕いた。

移木は沈黙した。

だからこそ、瑠々井はガードマンを求めたのだ。クトゥルー殲滅に抗する存在から身を守るために。この港町には確実に何かが起きつつある。

一〇年前、ラヴクラフトの想像――いや、今となっては幻視、ないし予感が現実化しはじめたとき、奇妙な緩衝《かんしょう》地帯の存在も明らかになった。

一例を挙げれば――ニュージーランド沖、南緯四七度九分、西経一二六度四三分に、巨大な石造都市ルルイエが浮上した際、ニュージーランド及びオーストラリアの南半分は完全に水没し、北米、中米、ヨーロッパ、中国の南部海岸線はことごとく津波の被害を受けた。人々は一斉に海辺から立ち退《の》き、高地へと避難を開始したが、じき、どう見ても他の被災地と条件的には変わらないのに、あたかも水が避けでもしたかのような、無事な地点の存在に気づいたのである。

カロリン諸島東部に浮かぶ火山島ポナペ、米東海岸の主要都市のひとつボストンとニューヨーク、香港《ほんこん》、上海《しゃんはい》、ロンドン、南米のベレン、アフリカのモンロビア、日本では東京と大阪その他。――これら都市部の他にも、その国の地図を購入しなければ世界の誰からも知られずに終わってしまいそうな田舎の町や村が生き延びた。

米マサチューセッツ州の荒廃した港町インスマウス、アラスカのアンカレッジから三〇キロほど南下したポーレン、そして、日本の三鬼餓。

これらが「安全地帯」と呼ばれる理由は、水の被害を一切受けなかったからではない。他の多くの港町と異なり、〝インスマウスの住人〟或いは〝インスマウス面〟が生まれなかったからだ。

3

〝インスマウスの住人〟――その最も明晰なる資格は〝インスマウスの面〟を持つことだ。

〝インスマウス面〟――何という呪われた言葉だろう。

ラヴクラフトは描く。その傑作中の傑作のひとつ「インスマウスの影」において、マサチューセッツの小さな港町を覆う荒廃と半魚人の影を。ミクロネシア、ポリネシア方面へ操業に出かけたマーシュ一家のひとりが、海に潜《ひそ》む魚怪と人間との血の交わりを知り、自らもその連鎖に加わった。かくて、インスマウスには彼の家族をはじめ、魚怪と契《ちぎ》った者たちとその子孫が巣食い、滅びゆく文明の名残りを塵《ちり》のようにまといながら、大洋の底で過ごす日々を夢見ていたのである。

彼らの顔には著《いちじる》しい特徴があった。両眼が蛙のようにせり出し、分厚い瞼が覆う。首は胸にめりこみ、額は後退して、鼻は隆起《りゅうき》を失う。問題は唇で、それこそ蛙のように厚く、横へ広がり、残り少ない空気でも吸いこむように、絶えず喘鳴《ぜんめい》と開閉とを繰り返している。

ラヴクラフトによれば、彼らはやがて、地上を去り、偉大なるクトゥルーに仕えるべく海洋の底へと赴《おもむ》くのだが、現実でも、両生類に成り切ったものは、大気呼吸に耐えられずに海へと消える。この家の主人も、遠からず同じ運命を辿るだろう。

「けどよ、〝インスマウスの住人〟になるには、何年もかかるはずだぜ。それも、〝深き者〟とあれだ、セックスしなきゃあならねえ。失礼だけど、お宅のご主人――そんなに早くから、あいつらと？」

移木の問いに、

「そんなこと――」

と夫人――菜摘《なつみ》は否定した。

「あいつらがこの町へ出現するようになってから、まだ、半年にもなりません。でも、ご覧になってわかるように、変わってしまった人はそこいら中にいます。みんな、家族に匿《かくま》われたり、自分から家を出て廃屋《はいおく》や森の中に住んだりしていますが、町の人たちにはそれでもめざわりなんです」

半年前――そのとき、三鬼餓の町に関して何かが変わったのだ。他の忌《い》まわしい町々――サンフランシスコ等は、すでに住民の半数以上が呪われた顔を持った時点で、一種の隔離区《ゲットー》を設け、「保護」と「安全」を旗印《はたじるし》に彼らを遠去けた。重慶《じゅうけい》のようにまだ少数の場合は、一般人とさして変わらぬ生活を送っているが、人知れず殺されたり追放されたりする場合も多いという。

この家の主人――立花敏男《たちばなとしお》のごとく、町民からうとまれるのは、妖物化の波が打ち寄せて間もない証拠であり、わずか半年の間に〝インスマウスの住人〟と化したのは、他の例からして異常な速度であった。

「この町が安全地帯から外れたのは、瑠々井の実験を、クトゥルーが気づいたせいでしょう」

とイヴは言った。

「やっぱりな」

「でも、それじゃ、おかしいよ」

と幼いが力強い声が異議を唱えた。

「あの人の実験が危険なら、他の町みたいに津波でも起こしてしまえば一発じゃないか。どうして、放っておくの」

どうやら、岬に住む奇人の研究は、町の人々にも筒抜けに――とはいわないまでも、風聞《ふうぶん》ぐらいにはなっているらしい。

「おれ、見ちゃったんだ。友だちとあの岬の近くへ、夜泳ぎに行ったとき――沖のほうにあいつを」

「あいつ？」

移木が顔色を変え、菜摘は口もとを押さえた。イヴは静かに見つめている。

少年はあいつと呼んだものを、いまなお特定できずにいた。だからこそ、あいつだった。

海の中にいる奴ら――〝深き者ども〟と呼ばれる奴らに用心しながら、波打ち寄せる暗い海岸に下り、彼だけが石を踏んで遅れた。仲間は闇の中に消え、少年は心細さから、来るなよ、と念じつつ暗い海へと眼を向けた。

それは、青白い燐光《りんこう》を放つ巨大な塊だった。はじめ、少年はそいつが近くにいるのではないかと疑った。闇のためで遠近感に乏しかったためである。

そのとき、暗天に張り巡らされていた雲の一角が破れて月光が銀のすじを引いた。そいつが水平線の彼方に屹立《きつりつ》していることは、それでわかったのである。

恐怖は湧かなかった。とても奇妙な――理解を超えるものを見てしまったときに生じる精神状態が少年を襲い、彼はぼんやりと、夢見ごこちでそいつを眺めていた。

頭は――噂とは異なり烏賊《いか》のように尖っていた。数千トン級《クラス》の貨物船くらいのサイズがありそうな赤いふたすじの裂け目は、後で眼だと気づいた。そのすぐ下から髭を思わせる触手がうねくり垂れて、顎の形は見えなかった。山のような胴は鱗《うろこ》に覆われているとも、青い光に包まれているとも見え、水平線に消えるあたりで、鉤爪のような形が蠢いていた。肩の後ろから、小さな広がりが左右に突き出ていた。すぐに翼だとわかった。

「おれ、ずうっと見てたんだ。向こうもこっちを見てた。おれのこと、わかったと思うよ。赤い眼が、じっとおれをにらみつけてたもの。でも、怖くなかった。おれなんか気にもしてないって、すぐにわかったんだ。おれ、それより、津波が心配だった。あんなでかい奴が浮き上がってきたら、きっと、もの凄い波が起るもの。でも、逃げられなかった。なんだか、あいつをもっと見ていたかったんだよ」

そのとき、雲がまたも月を隠し、そいつも闇に呑まれた。

同時に呪縛が解け、少年は夢中でもと来た方角へ逃げ帰った。

「ねえ、あいつがあれが、あれかい？　クトゥルーなのかい？　おれ、クトゥルーを見てしまったのかい？」

すがりつかんばかりに尋ねる少年へ、

「どうかしらね」

イヴは冷たく応じて、心配そうな眼を息子へ注いでいる菜摘へ、

「しばらく、置いていただけないかしら？」

と申し込んだ。

「え？」

「部屋代はこの方がお支払いするわ。その他にも力仕事や荷物運びはまかせて。私は町の連中が来たとき、役に立つでしょう」

「それは……」

「凄《す》っげえ」

剛志は跳び上がった。少年は、イヴの戦いぶりを見てしまったのだ。

「おい、勝手なことを――」

「あのホテルにいる連中はすべて敵と思ったほうがいいわ。ここなら岬にも近いし」

「なんだと。おまえ、まだこの町にいるつもりか？　おれは明日にでも出て行くぞ。夜が明けたら、すぐだ」

「その手で運転ができるの？」

「はっ、おまえのおかげで、この通りさ」

移木は右手の肘から先を、ゆっくりと動かした。

「何とかなる。これでも、伊達《だて》に二十何年間、暴走トラックと呼ばれてたわけじゃねえ」

「そう」

イヴの白い手が再び肘にかかった。次の瞬間、

「ぐえええええ」

絶叫とともに、移木は持ち上げた手首を左手で摑んだ。痛みがぶり返したのである。

「まだ、無理のようね」

とイヴは愉しげに心配し、

「気が変わって？」

と訊いた。

「――か変わった。変わった」

「いい子ね」

たちまち移木は安堵の息をつくことになった、

「いかが？」

とイヴは菜摘を見つめた。

妻は夫を凝視していた。この柳腰の女性にとって、生涯何度も訪れはしないであろう決意の色が、細面のそれなりに妖艶な顔に宿っていた。

イヴのほうを向いて言った。

「わかりました。こちらからお願いします」

「やった」

とVサインを掲げる少年の肩を、母の手が抱き寄せた。

「ありがとう。では、用心棒として、ひとつ提案させていただくわ」

「はい」

「外へ出て」

「え？」

「さっきの女――また来るわ。それも、もっと強力になってね。そのときの用心に、ご主人に細工をしておく。安心なさいな、危険なことではないの。ただ、あなた方が見ると、多分、そうは思えないでしょう。余計なトラブルはさけたほうがいいわ」

母子は眼前でゆれる美しい女をみつめ、ソファの上の父の姿へ眼を移してからもう一度、イヴを見た。菜摘は眼を反《そ》らし、剛志の顔は信頼に満ちていた。

「大丈夫だよ、母さん。この小母――お姐ちゃんなら、絶対に大丈夫だって」

曖昧さは、より強い意志によって方向を定められる。

「わかったわ」

と母親は同意した。

「おれもか？」

と苦しげに自分を指さす移木へ、

「どうぞ」

とイヴはドアのほうへ顎をしゃくった。

それが雇い主への態度か、とか、ぶつくさ言いながら移木も出て行くと、イヴはソファの立花に近づいた。

飛び出た虚ろな瞳が白い顔を映した。屈みこんで、イヴは顔を近づけていった。

移木がドアを閉めるとすぐ、

「あの方は？」

と菜摘が訊いてきた。

「いやあ、その、おれの使用人だよ。瑠々井んとこの用心棒試験を受けに来たのさ」

「え？　試験を受けに来たのに、小父さんの使用人なの？」

剛志の疑惑が移木にミスを気づかせた。

「違う——おれが、だよ」

「えっ⁉」

呆然と見つめる母子《おやこ》へ、

「馬鹿、おれだって、こう見えても運転手仲間じゃ、北陸の虎で通用するんだぞ」

「トラさん？」

「虎だ、虎」

と歯を剥いたところへ、

「何だか、怖いわ」

と菜摘がつぶやいた。

「は？」

「あの女性《ひと》です。——本当は、そばにいて欲しくないわ」

何となくわかるような気もしたが、移木は、

「大丈夫。——おれが保証するよ」

と笑顔でうなずいた。

「そら、女の身で用心棒渡世だ。おかしなところはあるが、その辺をうろついてる荒くれどもよりは絶対に

マシだ。まかせとけって」

「なら……いいんですけど」

言葉とは裏腹に、菜摘の眼には不安が重暗くゆれていた。何とか雰囲気を変えようと、

「なあに、あいつは――」

と言いかけた移木の全身を、別の声が金縛りにした。

それは、妙に舌足らずな感じではあったが、確かに「来るな」と叫んだのである。

ドアの向こうから。

「あなた⁉」

菜摘がドアノブを掴んだ刹那、悲鳴に近い声はぴたりと熄んだ。

「――⁉」

駆け込んだ人妻の前で、イヴは静かにソファの男を見下ろしていた。

「今の声は」

「何でもないわ。少し――痛むのよ」

「少しだなんて。――うちの人に何をしたんです?」

「連れ出されないように。細工よ」

この美女には何を言っても無駄だと悟って、菜摘は夫に注意を移した。

前よりぐったりと全身を弛緩《しかん》させて——眠っているのか？　いや——

夫の口もとに指をあてがい、次に頬を近づけて、

「呼吸《いき》をしていないわ！」

と菜摘は絶叫した。

えっ、と血相変えて剛志が駆け寄り、こちらは男の子だけあって母よりずっと冷静に父の手をとって、脈を調べた。誰かに教わったものだろう。たちまち、半べそをかいて、

「脈もない——殺したな！」

とイヴをにらみつけた。

「あわてないで」

低く告げて、イヴは上体を屈めた。

右手をのばして、敏男の左胸に触れると、今度は左掌を立てて剛志の顔へ持っていった。

「聞いてごらんなさい」

と言った。

訳もわからず、しかし、その意味するところは理解して、剛志は白いぬめやかな掌へ左の耳を押しつけた。

聞き慣れた音がした、怒涛《どとう》の雄叫びだ。ただし、打ち寄せる波ではなく、渦を巻いて走る潮流だった。

「父さんの心臓が送り出す血の流れよ」

いったん耳を離し、それから両手でイヴの手首を摑むと、剛志はもういっぺん耳を押し当てた。

「本当に？」

と訊いた。

「呼吸もしているの。ただし、細すぎてあなた方には感知できないだけ。心臓は立派に動いているわ。左手を出して」

言われるままに少年は小さな手を上げた。イヴを見つめる眼には親愛と安堵と——何よりも畏怖《いふ》が強かった。美しい女が単純な味方ではないことに、ようやく気がついたのである。

少年の手を取って、イヴは母親のほうへ向けた。

菜摘が息子と同じことをするまで少し時間がかかった。

少し耳を傾け、離してから、

「これが、この夫《ひと》の」

言うなり、床へへたりこんでしまった。

胸から手へ、手から手へと伝わる生の脈動——これが不可思議でなくてなんだろう。次々と襲う怪事の風に、平凡な人妻の神経繊維は空しくちぎれ、ばらばらに吹き乱れてしまったのである。

それを救ったのは、若い——少年の柔軟性であった。

「何だよ、母さん、しっかりしなよ。父さん大丈夫だって証拠じゃないか。このくらいでまいってちゃ、この頃の世の中は渡ってけないぜ」

と母親の手を引っ張り上げて、肘かけ椅子に座らせる姿は、もういっぱしの男子であった。

「へえ」

と移木は優しい眼差しを少年に当て、

「頼もしいこと」

とつぶやくイヴの声にも弄《いら》う調子はなかった。

「これで父さんは呼び出されはしない。欲しければ敵が入ってくるしかないわ。そうしたら」

イヴは少年のほうを見た。移木が、おお、と唸った。やさしさと敬意さえ湛えたそれは、勇者を見つめる眼であった。

「お姐ちゃんがいるね」

と少年は低く、しかし、自信に満ちた声で受けた。

第五章

闇に潜む影たち

1

海鳴りが、そこでは奇怪な遠近感を聞くものに与えるのであった。

原因は、そこ――岬の端に立ってみれば明らかだ。

苔《こけ》と見まごう緑草を踏んで立つものは、ある一瞬、ここが岬でなく水辺だと勘違いするだろう。

見下ろせば、見る見るうちに青臭い水が足下へせり上がってくるのだ。

ほとんど恐怖に駆られて彼方へ眼をやると、水平線は確かに足下の水と同じ高さにある。すると、ここは高台の岬ではなく下の海岸線なのか。それとも、これは陽光燦々《さんさん》と照りつける晴天の下、誰知らぬ間に押し寄せた静かな大津波なのか。

だが、岬の緑と同一線上に並び、次の瞬間、陸への侵寇《しんこう》を開始するかと見えた水は、打って変わった轟々《ごうごう》たる響きを上げて退いてゆく。

寄せる波、引く波――などというレベルではない。地上二〇メートルまで押し寄せた波が、見えるうちに一〇メートル、五メートルと水位を下げつつ遠去かり、岬の下に広がる岩場を垣間《かいま》見せるのだ。

このとき、実に幻妖な――ある意味で壮観とすらいえる神秘的な光景が現出する。

奇怪な潮流によってもたらされるのであろうが、その流れ具合はどうやら一定ではないらしく、岬の真下からほぼ一〇〇メートルほど波が遠去かり、岩だらけの海底が姿を見せると、その周囲を波がうねくり、交錯して、またもや波の壁を屹立させるのだ。

そして、この青黒い、海の不気味さを具現したような水の壁は、ゆっくりと旋回《せんかい》を開始する。

直径一〇〇メートルほどの海底を囲んで滔々《とうとう》の声を上げつつ旋回する波頭――これは渦だろうか。――メエルシュトレームの再現か。――いや、断じて違う。それは渦のごとき擂《す》り鉢状の形を取らず、まさしく直立する水の真ん中に直径一〇〇メートルのガラスの円筒を立てたに等しいのだ。

この、大自然の驚異、或いは神秘というにはあまりに度を越した光景は、幸い五分とつづかず、水の壁はやがて中心へと流れこみ、広がり、後退し、物理的にかくあるべしという平凡な岬と海洋の眺めが復活するのだが、この超自然的な一大イベントを見物しようと集《つど》うものは少ない。押し寄せる水が、世界破滅の記憶を運んで万人の胸を凍りつかせるからだ。

しかし、この日、うねくる波頭以外は穏やかさを取り戻した岬の一角に、ひとつの影が立っていた。

冬の陽光は冷たい分、明るく清澄《せいちょう》だが、この人影は本体も黒く塗りつぶされ、昼ひなかに夜の闇が忽然と人の形を取って現れたかのようであった。

長髪、オーバー、サングラス、左手の太刀――すべてが闇色だ。

暮麻と名乗った男である。

たったいま、幻妖極まりない海の神秘を眼にしたはずなのに無表情なのは、もちろん、昨夜イヴが指摘した通り盲目なのであるが、昨夜の剣さばきを鑑《かんが》みるに、彼女のもうひとつの言葉も当たっているとしか思えない。すなわち――

「見えないのに見える」

古来、武道には心眼と呼ばれる境地があるという。眼を閉じていても、敵の動き、気の流れをあるがごとくに読んで神速《しんそく》の対応を成す。剣の道も同じだ。三〇前後としか見えぬこの男は、すでにその境地に達しているのだろうか。〝城〟の偉容《いよう》は彼のかたわら――三〇メートルほど右方にそびえていた。天を突く尖塔《せんとう》、四角い銃眼、赤煉瓦《あかれんが》で屋根を飾った館、見張り台たる望楼、鉄鋲《てつびょう》を打たれた大門、ひときわ高い塔の頂《いただき》で、瑠々井の主人は星の動きを読んでいるのだろうか。背後に人影が湧き上がり、

「感傷《かんしょう》にふけっているのかしら?」

と訊いても、彼は微動だにしなかった。

草を踏み踏み近づいてきたのはイヴである。虹色の髪止めで束ねた髪が、やわらかく風にゆれて、光の粒を跳ねている。

ポンチョ様の上衣からは、血痕も、宇呑の矢傷の痕も消えていた。当人も知らぬ顔だ。

「健脚《けんきゃく》だな」

と暮麻が口を開いたのは、イヴがすぐ背後に近づいてからだ。

下の道路から岬までは、ゆるやかな坂が約三〇〇メートルほどつづくが、これだけではさしたる負担とは

いえまい。

宿を借りている立花宅からここまで徒歩でやってきたイヴの足音を、暮麻は遥か彼方から聴き取っていたらしかった。

「いい耳をお持ちね」

イヴは蒼穹《そうきゅう》と海原《うなばら》を眺めた。

空には白い雲が子猫のように遊び、海は万古《ばんこ》の静寂を含んで堂々と広がっている。このどちらもクトゥルーの——彼を代名詞とする邪神たち〈旧支配者〉の手中にあるとは、誰が想像できるだろう。

二人の頭上を海鳥が舞い、小さな虫が草の間を駆け抜けた。

「その耳によると」

と暮麻はつづけた。

「君の足は特別だな」

黒瞳が盲目の男を映した。

「そう？」

「何しに来た？」

「用心棒志願よ。昨夜は失礼したけれど、あの調子なら、また雇ってもらえそうだわ」

「君のご主人はどうした？」

「昨夜《ゆうべ》、説得したわ」

「この仕事はやめたほうがよかろう」

「あら」

イヴの表情にも気づかぬ風に、暮麻は足下の緑の中に散らばる雪斑《ふきふ》のような白い花を摘《つ》んだ。

滑らかな動きは視覚が奪われているとは到底思えない。

「人類は敗れた。世界は〈旧支配者〉どものものだ」

「困った用心棒さんね。あなたの雇い主は、打倒〈旧支配者〉の急先鋒《きゅうせんぽう》なのよ」

影のような笑いが暮麻の頬をかすめた。

「ひとりの人間に世界の命運が握られると思うか。クトゥルー退治の武器や呪文を発見した奴らの名前を、おれは一〇〇〇人も知っている」

国連がそのために破格の報償《ほうしょう》を約束したのは、〈旧支配者〉出現の半年後だった。あれはまだ、生きているのだろうか。一時期、世界中の人間は冒険家か山師になったような熱狂に駆り立てちれて、極寒の地から灼熱《しゃくねつ》のエジプト、オーストラリアの砂漠、南極の古代遺跡へと足を運んだものだ。〈旧支配者〉の存在を暗示するラヴクラフトの筆に従って、

「だが、ひとつだけわからないことがある。——なぜ、奴らは一気に世界を破滅させなかった?」

「人間も抵抗したわ」

「Ｆ15やエンタープライズでか？　アメリカ第七艦隊はインド沖で呑みこまれた。ダゴンの仕業だと、ラヴクラフトの愛好家は言う。ミクロネシア、ポリネシアの大渦に、地図にもない小島や環礁《がんしょう》に、何度、不慮の事故で核爆弾が投下されたと思う？　引退したフランスの大統領は小躍《こおど》りしているだろう」

「………」

盲目の用心棒は言葉を切り、すぐに今まで以上に抑揚のないつぶやきを洩らした。

「〝――ヨグ＝ソトホースは門の鍵にして護る者。過去、現在、未来はすべてヨグ＝ソトホースのうちにひとつである〟」

イヴは天空を見上げた。

「『死霊秘法《ネクロノミコン》』」

それは、狂気のアラブ人がものした魔道書の中でも、最も人口に膾炙《かいしゃ》した一節であった。ラヴクラフトの小説の中で、アーミティッジと名乗る碩学《せきがく》は、怪異な双子の片割れが閲覧しに来たラテン語版の文章をその肩越しに覗きこみ、頭中に翻訳するのである。

「〝人は臭いによって〈旧支配者〉と察するも、〈旧支配者〉の姿を知ることはできない。唯一、〈旧支配者〉と人類との混血児に現れる特徴を頼りに窺《うかが》い得るが、これは千差万別で、人間の姿に似た化け物として生まれることもあれば、〈旧支配者〉同様に実体のない不可視の姿として生まれることもある。〈旧支配者〉の存在をその臭気によって知るには、彼らが盛んなるときに、荒涼とした場所で、定められた〈祈り〉を捧げる儀式を行わねばならない。〟」

ここは、北米ニュー・イングランドにある古寂《ふるさ》びた大学の図書館ではなく、暗唱するものも、隠秘学の泰斗《たいと》ではなかったが、口ずさまれる文言の忌まわしさは、頭上の海鳥を遠去け、草間《くさま》を渡る小動物の動きさえ封じた。

ふと口を閉じ、暮麻は、

「これでは人間に勝ち目はあるまい。だが、問題は次の句だ」

と言った。

風が声を運んできた。

「〝けれど厚い氷に閉ざされた都市を、海藻《かいそう》とフジツボに覆われ封じられた塔を、見たものはいない。〈旧支配者〉の眷属たる大いなるクトゥルーでさえも、彼らの姿を微《かす》かに感じるに過ぎない。〟」

「〝イア！　シュブ＝ニグラス！〟」

とふり向いたのは、暮麻か、イヴか。

〝城〟の方角から滑るような足取りで近づいてきたのは、瑠々井美月だった。イヴへ一礼して、

「ようこそ。――いらっしゃると思っておりましたわ。夫も待ちかねておりましたのよ」

「わざわざ、お出迎え？」

「夫が用心のために備えたビデオ・カメラのひとつでお姿を拝見いたしました。それと、お二人の話に少し

興味を引かれましてね」

二人は黙って待った。ある意味で奇妙な夫以上に不可思議なこの妻が、一大秘事でも打ち明けるかのように。

「失礼いたします」

と美月は大胆にも和服のまま、草の上に腰を下ろした。海のほうから渡って来た風が、うなじのほつれ毛をゆるやかに乱してのけた。

2

「クトゥルー――一説によれば、ラヴクラフトは〝クルウルウ〟と発音するよう意図していたと申しますが、彼――と便宜上呼ばせていただきます。――彼を〈旧支配者〉中、どこの段階《レベル》に位置づけるか、お二人の疑問を解くのに必要なのはこれではありませんか？　つまり、〈旧支配者〉同士は、必ずしも同志ではない、と」

暮麻は手にした花を鼻先へ持っていった。彼も同じ意見だったのである。

クトゥルー神話に関する一般概念――より優れた旧神と戦い、破れた邪神たちが、再びこの地球を虎視《こし》眈々《たんたん》と狙っている。――を創造したのは、ラヴクラフトに非《あら》ず、その高弟ともいうべき作家オーガスト・ダーレスだったことは、もはや常識と化している。

ラヴクラフトが必ずしも関連づけてはいなかった邪神――〈旧支配者〉たちを、ダーレスは地水火風の四大精霊に分類し、人間的属性――友好敵対関係を導入した。邪神のシステム化である。これがもとで、後年、ダーレスはラヴクラフトの意を確信犯的に改竄《かいざん》し、原典とは別のクトゥルー神話を捏造《ねつぞう》したと非難される羽目になるのだが。

「〝眷属たる大いなるクトゥルーでさえも、彼らの姿を微かに感じるに過ぎない〟――ラヴクラフトの『ダンウィッチの怪』でしたか。あの作家の幻視能力がどれほどのものであったかは存じませんが、話半分としても、クルウルウ――クトゥルーが、〈旧支配者〉よりも劣る存在なのは確かだとお思いになりません？」

この女は何を言おうとしているのか。澄み切った冬空、凪《なぎ》の大海原、風渡る岬の大地、平穏そのものの情景こそ、世界の命運に関わる大秘事の露呈にふさわしいものか。

「クトゥルーが復活すれば、人類は地上から抹殺《まっさつ》され、彼の崇拝者のみが血の宴を繰り広げる。これに対して、同じ人類を抹殺しながらも、言いようのない目的のため、地球を物質宇宙とは全く別の世界へ運び去ろうとする力がありましたわね」

「ヨグ＝ソトホースだ」

暮麻の声と同時に、世界は停止した。自身の励起《れいき》した衝撃に気づかぬように、彼は低く低くつづけた。

「そうか。クトゥルーにとってみれば、この世界を非物質化されては、自らの領土として利するところがなくなる。もとはといえば、奴も太古、この地球に覇《は》を唱え、他の種族と攻防を繰り返していたのだった。すると、クトゥルーとヨグ＝ソトホースが対立しても筋は通るわけだ。あくまでも、人間世界の筋ではあるがな」

「ですが――」

と美月が異を唱えた。

「『ダンウィッチの怪』によれば、クトゥルーは〈旧支配者〉――ヨグ＝ソトホースなどに比してあまりにも卑小な存在として描かれています」

「ラヴクラフトが必ずしも正しいわけではないわ」

イヴが海の彼方を見つめながら言った。

「クトゥルーは、ヨグ＝ソトホースを凌ぎはしないけれど比肩《ひけん》する存在なのかも知れない。〝ヨグ＝ソトホース神話〟に非ず〝クトゥルー神話〟という言い方を考え出したのは誰だかご存知？」

「それは――ダーレスだと」

「おとぼけね。一九二六年に、ラヴクラフトがものした書簡にこうあるわ。〝私が数時間前に筆を置いた作品は『クトゥルーの呼び声』として発表されるでしょう。世人は単なるモンスター小説の一変種と見るかも知れませんが、私には託した意図があります。この作品は、これから私が記す数多くの、世界の成り立ちにかかわる物語、いわば地球草創譚《そうそうたん》すべての背景を成すものとなるでしょう。私はこれを、世界の最も古い物語の形になぞらえて『クトゥルー神話群《CTHULHU MYTHOS》』と呼びたいと思います〟――でも、残念ね、ラヴクラフトはこれを投函《とうかん》せず、半年後、破り捨ててしまったの。宛先もわからない。ただ、ラヴクラフトにとって、クトゥルーが小さな存在ではなかったことは確かなようね」

声と風のみが動く大地に、新たな動きが生じた。暮麻が立ち上がったのである。

「それが世界が生き延びている理由か。〈旧支配者〉の抗争により――」

彼は低く笑った。

「破滅を前提とした延命、死するための生。――これは、瑠々井さんに頑張ってもらわんほうがいいのかも知れんな。米ソが対立していたおかげで、世界は均衡《きんこう》が保たれていた。ソ連が斃れたとき、すべての動きは知らず知らずのうちに、アメリカへと傾きつつあった。クトゥルーが滅びれば、ヨグ＝ソトホースはこの星をただちに別の次元へ運び去るかも知れない」

推論とはいえ、これは恐るべき可能性のひとつだった。その持つ恐怖を、しかし、三人は含味《がんみ》する時間がなかった。

イヴが〝城〟のほうを向いた。

男が二人、やってくるところだった。

黒人と迷彩服男――稲城である。

三メートルの距離で立ち止まり、

「困りますね、奥さん、勝手に外へ出ちゃあ」

と稲城がにやけた笑いを見せた。見せはしたが、眼は笑っていない。

当然のごとく、美月は言い返した。

「私のすることで、あなたにとやかく言われる筋合はありません。分《ぶん》をわきまえていただきます」

「ところが、おれたちは、ご主人からきつく言い渡されておりますんで。妻の身の安全を第一にしてくれ、と」

「で――御用は？」

火を噴くような美月の眼も怖れず、稲城は、

「さ、お戻り下さい。この女とは、おれたちが話をしますよ」

「この方に非礼を働くと、それこそ主人が許しませんよ」

「そういう話は、残念ながら、まだ聞いておりませんのでね。おれらが知ってるのは、無礼なことにご主人の誘いを蹴ったって一件でさ。何のつもりでのこのこやって来たのかは知らねえが、それなりの覚悟はあるんでしょうよ」

「奥さん――こちらへ」

と黒人が恭々《うやうや》しく手招いた。

「あなたも、お仲間なの、ジョン・W《ダブリュー》？」

「とんでもない。おれは手を出しません」

「なら、止めて下さい」

「手を出さないと言ったはずです。これは、こいつら二人の問題でして」

美月の胴を逞しい腕が巻いた。さして太くはないが、鋼の強靭《きょうじん》さがあった。

「離して！」

叫ぶ美月を横抱きにしたまま、暮麻は黒人——ジョン・Wの横を抜け、少し離れた位置で立ち止まった。

美月を保持した腕は離さない。

イヴが、じろりとそっちを見て、

「女を見捨てるの？　冷たいわね」

「これでも、瑠々井家の釜《かま》の飯を食う人間でな」

「見える、私のすることが？」

イヴの指摘に、暮麻の表情にかすかな動揺が走った。

「これより早いかい？」

稲城の声に、黒人と美月の驚愕の呻きが重なった。

二人は確かに、彼が素手なのを視認していたのである。

それが、まるでフィルムの駒落としのように、右手はまっすぐイヴの眉間へと直線を引き、拳は拳銃を握っていた。

ブローニングHP──口径九ミリ、世界初の複列弾倉を持つ自動拳銃は、天才ジョン・M・ブローニング設計にふさわしく、発表後一〇〇年以上経た今でも各国の軍、警察で愛用されている。撃鉄《げきてつ》が起こされ、安全装置も外された銃の仕事は、ひとつしかなかった。

「大した早抜きね」

イヴは平然と旋条《ライフリング》付きの小さな銃口を見つめた。

「おうともよ。時間はからねえんだ。どんな相手だろうと、不意討ちじゃねえ限り、おれにちょっかい出す前にズドンと一発よ。おめえもそうなりてえか？」

「いいえ」

「なら、脱ぎなよ」

稲城は舌舐めずりをした。嫌な色の舌であった。

「ここで？」

「ああ。奥さんの見ている前でな。おめえみてえなお高くとまってる女は、思いきり辱《はずかし》めてやりてえんだ。今ここで、ストリップといこうぜ」

「いいけれど──眼がつぶれないこと？　今日は晴天よ」

イヴの右手がポンチョ風の上衣の肩にかかったのを見て、稲城は眉をひそめた。あまりに気前が良すぎる。

「おおっと、動くな。最初の一枚は、やっぱりおれがひん剥いてやるよ。手を離しな」

イヴは従った。男の左手が上衣の肩にかかる。思いきり引いた。布の裂ける音を伴奏にして、豊かなふくらみがのぞいた。

だが――その刹那、荒くれ男は、ひいと叫ぶや後じさったのである。見開かれた両眼は何を映したのか。

「て、てめえは⁉」

乱れた銃口を再び眉間へ向けようとしたその手に、このとき、草むらから青白い縄のようなものが跳んだ。

「痛《つ》う⁉」

と呻いて右手を振ったときにはもう、それは草の中へ身を躍らせている。

「この化け物女《あま》！」

「やめて！」

美月の叫びに銃声が和した。自動拳銃《オートマチック》特有のつぶれたような響きであった。

イヴは同じ位置に立っている。三メートル――子供でも外しっこない距離だ。

「馬鹿な」

稲城はもう一度、眉間を狙って引き金を引いた。銃声、跳ね上がる銃口。――いつもと同じだ。女は後頭部から脳漿《のうしょう》を撒き散らして――

「外れ」

とイヴは言った。

一瞬にして稲城の自信は崩壊した。世界で彼だけが可能なタイム・ゼロの早抜き――それがこうも簡単に敗れるとは――

世界が回った。天が地に、地は天に。そして、彼はどっと草の中に打ち伏した。

初弾を射つ前からすでに一種の酩酊《めいてい》状態にあった男の手首からブローニングを蹴りとばすと、イヴは静かに黒人――ジョン・Wのほうへ向いた。

「あなたも？」

「手出しはしねえよ」

意外と愛嬌《あいきょう》のある黒い笑顔は、しかし、驚愕の色を隠してはいない。

稲城は斃された。イヴ自身は指一本動かしていないのに。何を見たが故の稲城の驚愕か。そして、彼の手に巻きついた縄状の――あれは？

「死んではいないわ。ご主人も困るでしょう」

とイヴは美月に向かって言うと、

「ご主人に会わせていただけるかしら？」

「もちろんですわ。あなた――素敵だわ」

恐怖のゆえとも取れる賛辞に笑顔ひとつ見せるでもなく、イヴは〝城〟のほうへ歩きはじめた。

暮麻の腕から解放された美月が先に立ち、情《つれ》ない盲目の用心棒は後に残された。

彼はすぐ、稲城の上に屈みこんだジョン・Wに近づき、

「どうだ?」

と訊いた。

誰も盲目とは思わない証拠に、稲城の右手首を調べていた黒人は、

「ほらよ」

とそれを上げて見せた。

右手の指を、暮麻は稲城の手首に当てた。甲側に這う指がすぐぴたりと止まり、

「おかしな女だ」

と彼はつぶやいた。

「同感だよ」

とジョン・Wが、〝城〟の裏門へ近づく二つの悩ましい後ろ姿を眺めた。

眼と指はそれぞれ同じものを〝見た〟のだった。

手首の表に打ちこまれた二個の赤黒い傷痕を。

同じ頃、もうひとつ、同じものを発見した人物がいた。

ベッドで眠る夫の頸動脈《けいどうみゃく》に、二つの妖しい点を認めて、立花菜摘はその場に立ちすくんだ。

ある言葉を思い浮かべて——消した。あり得ないことであった。それが正解だとわかるのは、もう少し後

のことである。

　毒蛇の牙の痕であった。

3

　イヴの申し出を、瑠々井は二つ返事で受け入れた。どう見ても、そんなに甘い男でないのは確かだが、事態はそれほど切迫しているらしかった。

「クトゥルーをこの世界から切り離し、再び海底の王国ルルイエへ封じこめる儀式には、時を選ばねばならんのだ」

　彼はそれを三日後と伝えた。ぎりぎりになって用心棒たちを集めたのは、クトゥルー一派に気づかれぬためだったが、最近の奴らの動きを見ていると、どうやら漏れたらしい。ことによると、屋敷の中にも、何人か何匹か、〝深き者ども〟か、〝インスマウス野郎〟が入りこんでいるかも知れない。近頃、飼い犬がよく吠えるし、下男や下女が、掃除したばかりの地下のワイン蔵や、何年も使ったことのない隠し通路の一部がぐっしょり濡れているのを目撃しているのだ。潮の臭いがしていたという。

「とりあえず、二四時間、お宅に詰めるわ。ただし、必要に応じて、いま雇い主がお世話になっている家へ帰らせてもらいます」

使用人にあるまじき要求も瑠々井は呑んだ。それから、他の用心棒たちに、決してイヴに手を出してはならんと厳命した。

四〇度を超す高熱にうなされ、人間の身体では不可能な屈曲を余儀なくさせる痙攣《けいれん》を繰り返す稲城を見て、ガードマンたちは却ってイヴへの敵意を露にしたのである。同意したのは、二人の戦いを目前にしたジョン・Wと、見もせずに理解したらしい暮麻だけであった。

〝城〟の内部をくまなく見物した後、イヴは夕暮れどきに立花家へ戻った。

笑顔で迎えたのは剛志だけだった。

就職を告げた移木は、

「勝手にしやがれ。二度とおれの前に顔を出すな」

とののしり、そっぽを向いた。

「明日はあなたも一緒に来るのよ」

「何だって⁉　どういう意味だ？」

「雇い主を放っておくわけにはいかないでしょ。住みこみね」

「パチンコ屋じゃねえぞ、トンチキ」

「そういうだろうと思ったわ」

イヴは冷たく言い放って、移木をあわてさせた。

「あなたには、外とつながっていて欲しいのよ。ここにいて、連絡係と補給係を頼むわ」

「馬鹿野郎、おれは雇い主だ——よな？」

「立ってる者は親でも使え、でしょ」

鮮やかな切り返しである。移木は首を傾《かし》げた。この女が口にすると、どこか違う。異和感がつきまとう。たとえは悪いが、人形がことわざを口にするようなものだ。

彼はあわてて、

「ちょっと待て。これ以上、おれはおまえのやることに巻きこまれたくねえ。これから町を出るぜ。トラックは後から取りに来らあな」

「よく聞きなさい」

とイヴは移木の肩を摑んだ。何とも言えないおぞましさが全神経を突っ走り、移木はほとんど射精寸前になった。

真正面からトラックの運ちゃんの浅黒い顔をねめつけ、蒼い美女は、

「この家のご主人は、クトゥルーの眷属に狙われて身動きもできないのよ」

と言った。

「身動きもできなくしたのは、おめえだろうが」

「——奥さんと一〇歳の男の子が残され、敵はまたいつ襲ってくるかわからない。町の連中は全く当てにな

らないときたわ。私もいなくなってしまう」

「てめえ、勝手な――」

「男として、これを放っておけるの？　私ならできないわ」

「だ、だったら、おめえが残りゃいいだろうが」

「私は男じゃないわ」

イヴは、ぬけぬけと言ってのけるや、

「それに、大丈夫よ。お守り役をつけてあげる。ね？」

訴えるような眼差しであった。たちまち移木は溶けた。

「ＯＫね、ありがとう」

「お、おい」

「これがお守り役よ」

イヴは移木の肩から外した左手で、彼の右手首を摑むと、ポンチョ風の上衣の裾から内側へ導いた。それが股間のあたりだと知って、移木はピンクの風が全身を吹き抜けていくのを感じた。

が――

突然、指はとんでもない代物《しろもの》に触れた。この位置で、この太さ、この感触――あれだ。あれしかない、しかし、この娘は――女ではないのか⁉

「握ってごらんなさい」

イヴが勧めた。あまりに大胆な発言に、移木はもうどうにでもなれと、指に力をこめた。

途端に――

「ぎゃっ!?」

と叫んで、彼は手を離した。それはまるで生き物のように、手の中でうねくったのだ。

手を離したが、それは離れなかった。抜いたとき、一緒に出てきた手首に巻きついた一メートルもありそうな蒼い蛇が！

「ひいい〜〜」

おぞましさのあまり、ふり離すこともできず、移木は硬直した。

「とととと」

取ってくれという前に、蛇は信じ難い速度で螺旋《らせん》状に彼の腕を走り、何と、胸もとから内側へと潜《もぐ》りこんでしまったのだ。

「わ、わ、わ、わ」

滑稽《こっけい》とさえいえる動きを二、三秒つづけて、移木は停止した。停止はしたが、平和でないことは明らかだ。

「何処《どこ》にいて？」

イヴが少し愉しそうに訊いた。

「あそこだ――おれの――ポコチンに巻きついてやがる」

「なら、あなたが気に入ったんだわ」

「なにィ？」

「蛇は大地の豊穣《ほうじょう》を象徴する神よ。男の場合、豊穣を生むものは何かわかるでしょう？」

移木の眼の玉がでんぐり返った。虚ろな声で訊いた。

「一体、いつまで、くっついてる気だよお!?」

「必要に応じて離れるわ。あなたは気にしなくてもいいの」

「これが気にせずにいられっか!?」

「まあまあ。その代わり」

イヴの片手が折れた肘にかかるや、移木は咋日よりさらに痛みが消えたことを知った。

「骨はまだくっついていないわ。ふり廻さないで」

「わ、わかった」

「いらっしゃい」

とイヴは廊下に通じるドアのほうへ声をかけた。さっきから剛志が覗いていたのである。少年は飛ぶようにやってきた。

イヴが明日から三日間、〝城〟へ行かなくてはならないと告げると、悲しそうな顔をし、

「この小父さんがついていてくれるわ」

と言うと、大きく破顔した。

「じゃあ、今日はお姐ちゃん――居てくれるんだ」

「ええ」

イヴはうなずいた。

少しして、食事の用意が出来たと菜摘が呼びに来た。

ひと口、ふた口、刺身をつまんで、イヴは箸《はし》を置き、

「ご馳走《ちそう》さま。休ませてもらうわ」

と席を立った。

「瑠々井さんのところで召し上がってきたのかしら？」

菜摘の表情には、言葉以上の不安と疑惑が色濃く漂っていた。

「いや、そんなこと言ってなかったな。そういや、昨日も同じだったよな？」

と三杯目を片手で器用に片づけながら、移木は眼を細めた。股間の生き物はそのままだが、食事となると忘れてしまう。得な性格といえた。

「食べなくていいのかしら？」

「気にしなさんな、小食なんだろ」

食卓には、菜摘の怪訝《けげん》な表情がいつまでも残った。

食事が終わってから、剛志は刺身の残りと味噌汁を盆に乗せて、イヴの部屋――六畳の客間へ向かった。

後で空腹を覚えたら、と気づかったのである。

部屋は裏庭に面している。襖《ふすま》の向こうから声をかけて入ると、イヴはガラス戸の前に立っていた。

「これ、お腹が空《す》いたら食べてよ」

と、盆を畳の上に置いた。

「ありがとう。でも、それは食べられないの」

「どうして？　漁りたての鮪《まぐろ》と烏賊だよ」

「でも、死んでいるわ」

「え？」

美しい女の奇々怪々な言葉の意味が、少年にはわからない。

「持っておいきなさい」

イヴは静かに言ったが、剛志は従いかねた。この美女の不気味さよりも、父と移木を救った鮮やかな戦いぷりが、男の子の精神《こころ》にはより好もしく灼きついていた。まだ帰りたくはなかった。

彼はあれこれ話題を探し、気がついたことを口にした。

「今日――お姐さん、元気そうだね」

「私が？」

イヴの瞳が少しだけ動いた。

「うん。──昨日も凄かったけど、どっか暗かったよ。今日は全然、そんなとこがない」

「本当に？」

「うん。──雨だったせいかなあ」

「今日は大丈夫そうに見える？」

「うん」

と、剛志はもうひとつ大きくうなずいて、

「飯、ちゃんと食えばね。はい、平らげてよ」

イヴはゆっくりとふり向き、

「君はやさしい子ね」

と言った。

「ははは」

と少年は頬を染めた。照れている。

「母さんも同じね。──父さんは？」

「ううん、おっかねえ」

「でも、好きなのね」

「うん」

「なら、本当はやさしい人なのよ」

「そうかなあ」

声とは裏腹に、少年は満足そうであった。その顔が急に歪んだ。引きつるような声で、

「お姐ちゃん――父さんを守ってくれるよね。おれも母さんも」

「約束はできないわ」

「そんなあ。守ってくれるって言ったじゃないか」

とは言ったものの、予期していない口調ではなかった。

「私は他にやらなければならないことがあるの。お父さんの一件は、仕事じゃないのよ」

「なら、どうすればいいの？　お金を払えばいいのかい？」

「ごめんね。いま、手一杯なのよ」

「……」

「でも、お父さんは、あの小父さんとお姐さんの仲間が守ってくれるわ。少し頼りないけどね」

少し笑って、それから、こうつけ加えた。

「もうひとり、頼りになるファイト・マンがいるわ――ね？」

きょとんとして、すぐに少年は気がついた。幼い顔が男の顔になった。

「お父さんには、今夜中にもう一度、手を打っておくわ。後は、運とみんなまかせ」

「わかった」

少年は強く唇を結んだ。

部屋に戻り、ベッドへ入っても、剛志はすぐに眠ることができなかった。イヴの言葉は男の子の血を熱くたぎらせていたのである。頼りになるファイト・マン。

父のことを考え、母の身を思い、シーツの上を転々として、彼は窓のほうへ行った。あの白い女が来てやしないかと、ファイトを燃やしたのである。

どっしりと落ちた闇の中には、隣家の庭の木立ちと屋根が浮かび上がっているのに、光は一点も漏れてこない。分厚い遮光カーテンを張り巡らせているのだ。海からの奴らは、光を求めてやって来る。三カ月まえ、家の前の通りを大挙して町の方角へと向かう奴らの姿を、少年は目撃していた。

月光を浴びて、ぬめぬめと光る肌、あの——蛙みたいな鳴き声。だが、いま真っ先に思い出す不気味さのトップは、普通の服を着た奴らの顔だ。人間の顔と蛙が合成したみたいな。ああ、それが——うちにもひとりいる。

父がおかしくなったのは、あの行列と同じ頃からだった。

ひと月とたたないうちに、〝インスマウス面〟ははっきりした。なのに、母がすぐ認めなかったのは、皮肉なことに、あまりにも変貌、変形の速度が速かったためである。

他所《よそ》では半年から一年かかるといわれる〝インスマウス面〟の特徴が、父にはひと月で現れた。

あの頃、大人しい母が声を荒《あ》らげて父をなじるのを、少年は何度も眼にしたものだ。

〝インスマウス面〟になるためには、その血を引く一族と性交渉を持たなければならないとは、後で知った。

漁に出て、美しい女怪の虜《とりこ》になり、海中へ引きずりこまれた船乗りは数多く、何人か戻ってきても、やがて、例外なく両生類の特徴を備えはじめる——これも後できいた。

都会から嫁《とつ》いで来た母には、信じられない運命だったろう。

〝インスマウス面〟ないし〝インスマウスの住人〟と化した人間は、すべて家を脱《ぬ》け出し、人知れず波間に消えてゆく。——父もこれに従うのだろうか。

思考とは無関係に、ぼんやりと黒い風景を映していた眼の隅に、急に動きが生じた。

何か人影のような塊が、隣家の塀を夜風みたいに越えたのである。

はっと眼を見張ったときには、垣根の一部が小さく動いたきりで、闇は静寂を取り戻していた。

不意に犬の鳴き声が上がり、唐突に熄んだ。

妖しい気配が自分を招いているのを、菜摘は早くから感じていた。今日というのではない。もう何週間も前からだ。

何とか無視することもできたが、ここのところ、特にひどい。敏男がおかしくなってからだ。

暗い運命を否応なしに自覚せずにはおれぬ精神の脆弱《ぜいじゃく》さ——そこにつけこまれているとわかってはいるのだが、いったん、その気に和んでしまうと、歯止めが効かなかった。

夫のこと、剛志のことを思おうとしても、意志は混濁《こんだく》し、曖昧にたゆたって焦点を結ばない。

玄関から外へ出たのは、剛志が部屋へ戻ってすぐだ。

外からガラス戸に鍵をかけたのが最後の理性で、晩秋よりも初冬と呼ぶほうがふさわしい凍てついた空気の中へ、はかなげな人妻は、ブラウスの上にカーディガンを引っかけただけの軽装でよろよろと出て行った。

衣類を皮膚と同化させるような冷気も気にならなかった。

道路を出てから、海岸へ下りた。

巨人の単眼のようにかがやく月の下に、黒い波が打ち寄せている。

サンダルの踏む土は重く濡れている。波はここまで侵入してきたのだ。

菜摘は知らず知らずのうちに、片手をブラウスの胸もとから差し入れていた。

ブラジャーをずらして、乳房の弾力を確かめる。痩せ形のボディだが、乳房と尻は不釣り合いに大きい。夜の営みに淡白な夫もこれだけはお気に入りで、必ず最後は後背位で果てた。

貫かれる感覚が性器に甦《よみがえ》っている。

それは、耳から来ていた。

波音に混じって聞こえる。——男と女のあのときの声が。ひとつではなかった。数百、数千の性交の狂態が海岸で繰り広げられているようであった。

眼を凝らせば——いた。

打ち寄せる波の縁ぎりぎりの砂浜で、いや、渚から下った海中でさえ、不気味な生物たちが、その形だけは人間そっくりの体位をとって、淫《みだ》らな動きと声とを絞り出しつづけているのだ。

どいつも四肢こそ備えているが、指の間にはうすい膜が張られ、平べったい頭からぶよぶよの胴にかけては蛙そのものだ。それでいて、人間の面影を留めた顔と、短く長い頭髪で、男と女とがはっきり区別できるのだ。

乳房の上をぬるぬると水かきつきの手が這い廻ると、女の口は裂け目のように開いて法悦《ほうえつ》の呻きを洩らし、首筋の鰓は黒い水を吐いた。

どこまでつづく魔性の営みか、絡み合う姿は菜摘の右の彼方から左の奥まで点々と大地を埋め、それはあたかも、何百年かに一度、海と陸との魔物同士が展開する性愛の淫戦のように見えた。

菜摘はすでに身を屈め、下りてきた堤防近くの黒い岩に上体をもたせかけて、ジーンズを膝までずらしていた。

指が白いナイロンに食いこんでいた。布は熱い汁で濡れ、内側の性器の形を露にしていた。

吐息が切れ、喘ぎが短く小刻みに変わる。

「駄目、これでは、駄目」

最後の理性をかなぐり捨てて、人妻は、布の内側へ手を入れ、思いきり足を開いた。

「あっ、あっ、ああああ」

手の指が卑猥な動きを増すにつれて、淫声は深く短くなっていった。

恍惚と眼を閉じ、達しようとする寸前、菜摘の手首はぬらぬらと冷たい手に掴まれていた。

ぼんやりと開いた目の前に、蛙そっくりの顔があった。

事態を理解し悲鳴を上げる前に、人妻の肉体は生ぐさい濡れた身体に組み敷かれていた。

唇と鼻が悪臭を放つ口に覆われ、ごぼっと生あたたかい液体が溢れた。怪物の唾液だった。

「うぐぐ……嫌あ！」

夢中で上の身体を押しのけ、起き上がって走った。

三歩と行かず、足をすくわれた。

「誰か――誰か!?」

叫ぶ身体が砂の上を滑った。渚のほうへと足から引きずられていく。

腹から水に漬かった。胸も顎も顔も波が洗った。走り出したときはき直したジーンズは、また膝あたりまで下げられ、尻と腿が剥き出しであった。

ナイロンに包まれた尻の肉が、抗う力に合わせて盛り上がり、妖しい蠕動《ぜんどう》を繰り返した。

パンティがむしり取られた。

「やめて！」

片手で性器と肛門を押さえながら叫んだ。

犯される。夫以外に与えたことのないこの肉体を、乳房を尻を白い喉を、生臭いぬらぬらした化け物どもに思うさま貪《むさぼ》り食われてしまう。

二年前、ふらりと家へ現れた半狂人の女のことを、菜摘は憶《おも》い出した。

眼も虚ろなその女は、近くの町に住む親戚のところへ行く途中だが、飯を食わせてくれと言った。少しおかしなことはひと目でわかった。簡単な食事を出してやると、女はきれいに平らげ、お茶をすりながら、菜摘の全身をねめつけるように見て言った。

「あんた、きれえな肌してるね。痩せているのに、おっぱいとお尻が大きい。あいつらの好みだよ」

「嫌だわ」

「本当さ。あいつらは、あんたみたいな肉体《からだ》の女が好きなのさ。信じられる？　あ、あいつら、あいつらにも好みがあるんだよ。あたしも、結構、気に入られたほうよ」

「……」

茫然とする菜摘に、女は〝深き者たち〟に犯された晩のことを、仔細《しさい》に話し出した。

「あいつらの身体って、腐った海草と潮の匂いがするんだ。肌は冷たくて、ぬるぬるしたゴムそっくりだよ。重なると気色悪くて発狂しそうになる。あいつら、海の中に棲んでいるくせに、人間の女を歓《よろこ》ばせる方法をちゃんと心得てるんだ。あの水かきのついた鉤針《かぎばり》みたいに鋭い爪で乳首をつままれてごらん、どんなに頭で嫌がってても、肉体《からだ》はちゃんと声を出してくれるよ」

「あああ……」

菜摘は低く呻いた。乳首を針の痛みが貫き通っていた。右の乳首だった。左は別の官能を伝えてきた。吸われている。蛙のような顔の分厚い唇が、夫にしか許したことのない乳房を半ば、ぱっくりとくわえ、吸っている。ざらついた舌が乳首をねぶった。いつの間にか正常位になっていた。そいつの身体は、人妻の太腿の間にあった。犯し方は人間と同じだった。性器の口を太く硬い、弾力のあるものがこすっている。意図的にじらしているのだ。

乳首から伝わる快楽に、菜摘は忘我の状態に投げ入れられていた。喘ぎが敗北を告げている。

舌が入ってきた。負けたわ、と思ったとき、どっと生臭い唾液が流れこんできた。たっぷりとあるそれを、菜摘はむせながら嚥下《えんか》した。

4

半分は口からこぼれた。とても呑みきれなかった。口の中ばかりか、胃も腸も汚れるような気がした。

「あいつら、自分の唾を人間の女に呑ませたがるんだよ」

と狂人女は、にやにやしながら言った。

「どんなに抵抗しても、あきらめるまで流しこんでくる。仕方なく呑むと、やっと満足して、それからはじまるんだ。セックスがさ。とても濃厚で、激しくて、どんなに亭主を愛してる人妻だって、さかりのついた犬みたいに求めてしまうあれがさ」

そいつは、菜摘に唾液を呑ませただけでは満足しなかった。こぼれた分をすくい取り、わななく顔と胸とになすりつけた。

菜摘が、絶望と官能の入り混じった喘ぎを洩らすと、妙な声を出して笑った。それから、人妻の股間から膝を引いた。

汚らしい性器を、人妻の秘所の口にあてがい、狙いを定めている。

ぐうっと。

「あーっ」

体内へ潜りこんできたものが、突然、激しく痙攣するのを菜摘は感じた。

限界を越えてふくれ上がっている。

これが雄《おす》だ、と思った。これが女を征服する器官だ。

水を叩いて悶える菜摘には、そいつに生じた変化がわからなかった。

そいつの、あるともないともわからぬ頸に銀色に光る線が巻きつき、波打ち際へとのびていた。

そこに立つ二つの影のうちのひとつが、片手で線の――針金の端を掴んでいた。

「はじめて見たぜ、半魚人に狂わされる人妻ってやつを」

半裸の菜摘を軽蔑したように見下ろし、嘲笑したのは、ワイヤーの束を肩にした長髪の若者だった。

「もう少し見物したいところだが、こっちにも用がある。〝深き者たち〟を、二、三匹ひっ捕まえてこいとのご主人の言いつけでな。まず、こいつ――といいたいところだが、いい目を見てるのが気に入らねえ。落選」

若者は針金を持つ手を引いた。

生あたたかい――唾液とは別のものが下腹にかかって、菜摘はのけぞった。

人妻を犯していたものは、最後の――凄まじい突きを見せたのだ。

そいつの上半身がどっとのしかかってきても、菜摘は快楽の余韻に包まれて動かなかった。

ようやく、ちらとそっちへ眼をやり、月光の力を借りて――人妻は悲鳴を上げた。

胸もとから喉へと生あたたかい流れが広がっていた。血であった。それは、のしかかった奴の頸《くび》から流れていた。生首は彼女の右横で波にゆられていた。

「こっちへ来なよ、奥さん」

と若者が声をかけた。同時に、菜摘の周囲で一斉に気配と影とが立ち上がった。

その間を縫って菜摘は若者のそばへと駆け寄り、背後に隠れた。

もうひとり、右隣りの男が、肩越しにこちらを向いて、にやりと笑った。我聞という名も、その背に負った武器が短くした薙刀だということも、菜摘にはわからない。彼女の眼を奪ったものは、波打ち際からゆっくりとこちらへ近づいてくる不気味な怪生物たちの姿であった。

完全に両生類化した奴もいる。人間らしさを残した奴もいる。豊満な白い乳房を留めたあれは、多分、女だろう。

それが、宴を邪魔した罰当たりたちに弾劾《だんがい》の苦悶を与えるべく、水かきのついた足で砂を踏みながらやって来る。

「こいつは愉しいことになってきたな、添火《そえび》？」

と薙刀男——我聞がささやいた。声が弾んでいる。闘争への期待が、この男の胸にマーチを鳴り響かせているのだった。

「全く」

ワイヤーの若者が同意した。肩に巻いたそれが、単なる装飾品でもこけ脅しでもないことは、たったいま、怪生物一匹を葬《ほうむ》り去った手練で明らかだ。

だが、それでもワイヤーの量は多すぎる。太さからして、のばせば優に一〇〇メートルは行くだろう。遠距離の敵ひとりを斃すためと正当化してみても、極めて不合理かつ不経済な武器であった。

「だが、これだけいれば選《よ》り取り見取りだ。そうだな、まず、その女」

添火の手が前方へのびた。そこから音もなく滑り出した針金は、くねくねと湾曲しつつ、一体、どうやって識別したのか、かなり背後にいた女の頸に巻きついた。奇妙なことに、周囲の連中には何も見えないのか、誰ひとり、いや、一匹、足を止めなかった。

「おれは、あいつだな」

我聞が顎をしゃくると、なんと、女を絶息状態に陥れた針金は、そこからさらにのび、二〇メートルも向こうにいる男――というか雄――の頸を絞めた。それでも、他の生き物たちの無視と前進は熄まない。針金が最後尾の連中の背を廻って、二匹の犠牲者の後方から襲いかかったためだ。

人形遣《つか》いが糸を操るがごとくに針金を操る人間もいるだろう。しかし、添火の見せたこの技は、そんな常識を軽く一蹴《いっしゅう》する魔法ともいうべきものであった。

「後の一匹は、じっくりと探す。見ていろ」

声と同時に我聞が前へ出た。

半魚人たちは、五メートルまで迫っている。そのおびただしい顔、顔、顔。

ぐえ、と吠えるや、先頭の列が両手を胸前で広げた。指先に鉤爪が、開いた口に牙がきらめいた。

それから、三〇匹ばかりが、三人を押し包むように三方から――

そいつらの喉元を光る風が吹きすぎた。我聞の薙刀だ！　それは常識を超えてのびたのである。三〇匹全員の頸部が、ぶわ、と黒血を噴いたのは次の刹那であった。

血は空中で巨大な扇《おうぎ》のように広がり、たちまち乱れて雨のごとく降り注いだときには、怪生物たちはことごとく砂地に伏していた。

後方の連中の足が、ぴたりと止まり、その耳朶《じだ》に、

「林崎《はやしざき》流新抜刀術『流星』」

とつぶやく我聞の声がきこえた。

林崎流抜刀術――武道を学ぶものなら、名前くらいは耳にした覚えがあるだろう。

凶漢《きょうかん》に父を殺された始祖・林崎甚助《じんすけ》が、武神のお告げを得て、血を吐き骨を削る訓練の末に編み出した日本抜刀術の源流である。

通常は太刀を用いるが、我聞は薙刀を使った。だから新流なのではない。新しいと自負する理由はその技にある。いかに始祖・林崎甚助といえど、いや、その後に陸続《りくぞく》とつづいた修業者の誰ひとり、一太刀《ひとたち》三〇人を斃す秘技を身につけることはできなかったのだ。

我聞はそれをやった。もちろん、物理現象として剣を捉えた場合は、絶対に不可能な技である。彼は、生まれつき備わっていた超自然的能力――念力《サイコキネシス》を、斬断《ざんだん》の刃に加えた。一念をこめて必殺の抜刀を行うとき、その力とスピードを思念が増幅し、実体なき刃を敵に叩きつける。それが何メートルに及ぶのかは、当の我聞にもわからない。これまでの最長記録では、小さな林の木立ち一列――ざっと一〇〇メートルだ。それでも力尽きたという気はしなかった。いまの三〇人斬りなど造作もない。

添火が口笛を吹いた。彼ははじめて我聞の技を見たのである。

「さて、もう一匹はどいつだ!?――こいつかな」

添火のずっと前で、小柄な影が硬直した。

「こっちへ――来な」

三つの身体が〝インスマウス野郎〟どもの間から浮き上がるや、頭上五メートルの高みまで上昇し、そこから、まるで弾き飛ばされるみたいに砂地へ落下したのである。

却ってそれが異世界の憎悪に油を注いだか、ひるんだ風な奴らの眼光に怒りのかがやきが迸《ほとばし》るや、全員が水を蹴り砂を叩いて三人へと殺到してきた。

「田吾作《たごさく》が」

添火の肩でワイヤーが鳴った。一気にくり出されたそれがひとたびうねった瞬間、五〇匹ほどの半魚人の首が勢いよく宙を跳び、その背後の五〇匹ほどの身体は、申し合わせたように、股間から下腹部まで切り上げられていたのである。

血が噴いた。これこそ噴出であった。天も地も黒い霞《かすみ》に塗りつぶされ、半魚人たちは半数を失ったのである。

「やるなあ」

感心したような我聞へ、

「これくらいやれなきゃ、クトゥルー相手に雇っちゃもらえないさ」

事も無げに言って、添火は生き残りの海妖どもを見据えた。

奇妙な価値の転倒が、二人の背後にいる菜摘を捉えた。

どっちが化け物なのか？

「どうした、来ねえのか？　海に引きずりこんで溺れさせるしか芸がねえのかい？　なら、とっとと帰りな、と言いたいところだが、せっかくまだ一〇〇匹以上残ってるんだ。みいんなまとめて、面倒見てやるよ」

声と同時に、添火の肩のワイヤーがこすれ合う音をたてた。

ぴゅうんと空気が捻るや、半魚人たちの身体は縦に裂け、横に分かれ、血の霧を噴き上げた。

歩を乱して海中へ没し去ろうとする影たちの中へ、別の人影が乱入した。

「そうれ！　それそれそれ」

白刃《はくじん》がふるわれるたびに、それは一〇倍にも延長され、制空権内にいる影たちを容赦なく寸断していった。

哄笑が上がった。

我聞は狂っていた。いや、歓喜の極みにあった。自らの刃をふるってほとんど無抵抗の敵を虐殺する血の歓びに酔い痴《し》れた姿は、陸の悪鬼そのものであった。

あり得ない長刃がうなる。無限長とも思える鉄の糸が躍る。そのたびに、海魔たちは為す術もなく斬り裂かれ、海は闇よりも濃い色を広げていった。

「やめて——やめて！」

あまりの凄惨さに、菜摘が叫んだのも無理はない。そして、彼女は急激なめまいに襲われ、その場に倒れ伏してしまった。

気がつくと、耳の中で潮騒が鳴っていた。

二人の男がかたわらに立って自分を見下ろしている。

ブラウス一枚の裸身だった。反射的に乳房と股間を押さえ、腹這いになった。

「可哀相に、もう犯《や》られちまったらしいな」

添火が身を屈め、震える白い肩に手を置いた。救い主の手なのに、半魚人以上のおぞましさが肌の下を走り、菜摘は痙攣した。

「おお、おお、きれいな肌がぬるぬるだぜ。こいつは、誰かに浄《きよ》めてもらわなくちゃあな。おれがきれいにしてやるよ」

最後の言葉に粘っこい欲情がこもっていた。

「嫌、やめて！」

叫んで起き上がり、走り出そうとした足首を、冷たい鋼が巻いた。しかも、空中に躍った身体が、当然うつ伏せになるところを、ひとひねりであお向けにしたところなど、驚天すべき荒技といえた。

長髪の若者は、人妻の裸体にのしかかった。

「やめて——汚いわよ」

「おれは、そういうほうが好きなんだよ。化け物に犯されたばかりの女を抱けるなんて最高に痺れるぜ」

「変態！」

ののしった途端、菜摘は身体中に食いこむ冷たい刺激を感じた。

喉、胸、腹、両手両足を針金が縛りつけたと知ったのは次の瞬間である。

両手は胴に押しつけられ、ただ、二本の脚のみが自由を保持していた。

右脚がぐい、と持ち上げられた。性器が剥き出しになっても、為す術はなかった。添火はゆっくりと人妻の白い腿を舐めはじめた。眼は好色そのものの光を湛えて、さらけ出された性器を眺めている。

「この中に、人間魚のが入ったのかよ。どんな感じがした。気持ちよかったか？——どうなんだよ？」

肉に歯が食いこんだ。菜摘は悲鳴を上げた。

「——どうなんだ、どうなんだよ？」

若者はまた噛んだ。噛んだ。噛んだ。ついに、白い肉にはうっすらと血のにじみを生じた。

「よかった――よかったわよ！」

ついに菜摘は叫んだ。

「そうだろう。だけど、おれのはもっといいぜ。ほらあ」

鋼が肉に食いこんだ。どのような神技か、針金は彼女の鼻、乳首、乳房のつけ根、手足の指の一本一本に巻きつき、他の部分ともどもども絞めつけたのである。

必然的に糸と糸との間の肉は盛り上がって見える。白い人間の裸体にこれが加えられると、まるで、あらゆる尊厳を奪い取られた肉《ハム》のように見えて、添火は昂《たかぶ》った。

太腿にもう一度歯をたてると、彼はあらためて菜摘にのしかかり、愛しげに乳首を吸った。

「あいつらの涎の匂いがするぜ」

耳もとでささやかれ、菜摘は喘いだ。

「亭主に何て言うつもりだい？　海ん中で、魚と人間の化け物に犯されちまいましたってか？　あいつらの唾を腹いっぱい呑まされ、呑み切れなくてこぼしたのを、身体中に塗りつけられましたってか？」

「やめて、やめて」

「いいや、やめねえ、こうしてやるよ」

いきなり、若者は入ってきた。

菜摘は濡れていた。洩れ出た声は官能の喘ぎであった。

「……あああああ……ぐぐ……ぐ」

声が急に変わった。喉に深いくびれが走っていた。添火が針金を食いこませたのである。

「いいぜ、絞まる……し、絞まるぜ」

性交時に死の痙攣にふるえる筋肉の絞まりは、最高だといわれるが、添火は人妻を絞殺してもこれを試すつもりらしかった。

菜摘の脳が赤く灼け、急速に暗い奈落《ならく》へと落ちこんでいく。

泣くような声を上げて、若者は人妻を犯した。

さすがに両肩を落とし、白い肉の上へ倒れこんだとき、

「気が済んだ？」

冷たい金属のような声が添火を跳ね上がらせた。少し離れたところで一服していた我聞が、ぎょっとして、そちらを——防波堤のほうをふり向いたのを見ると、そこまでやってきた蒼い女に気がつかなかったらしい。たちまち殺気をみなぎらせる二人の凶人を気にする風もなく、砂を踏み踏み、死亡寸前の菜摘のそばへ近づくと、イヴは片手の人差し指を首に食いこむ針金に当てた。

軽く引いたとしか見えないのに、びん、と音をたてて死の糸は弾けとび、ゆるやかな輪の渦をつくって、人妻の肉体から離れた。

イヴの手が首すじに当てがわれると、菜摘は大きく身をそらせた。その身体が元に戻ると同時に、喉は大きな吸気の音をたてた。

「きさま――どうしてここに？」

添火が訊いた。まだ、菜摘とつながっている。

「食事と腹ごなし」

とイヴは答えた。

「おいしかった？　人妻の肉体は？」

とんでもない質問に添火がとまどっているうちに、イヴは菜摘の背に片手を廻し、一気に持ち上げた。

股間でぽん、という音がして、添火が転がり落ちる。男根はみるみるしぼんでいった。

菜摘を横抱きにして、

「また、ね」

と防波堤のほうへ歩き出そうとするイヴへ、

「待て」

と二人の男は同時に声をかけた。

イヴは黙々と進む。

その背中へ閃くのは我聞の抜刀術か、添火のワイヤーか。

生が死に変わる瞬間、イヴは足を止めた。二人の殺気を感じたのか。いや——

「月の明るい晩は、海魔の好むとき」

潮騒が急に激しさを増した。

二人の囚人が身をひねって海のほうを見た。

黒い水面に無数の燐光《りんこう》が燃えていた。

よく見ると、それは海の中で燃えているのだった。

水面が裂け、何か異様な形が月光の下に現れた。たぎり落ちる水は白い腐敗光をまといつかせていた。

水面を太い触手のようなものがうねった。

「ダゴン、それとも、ハイドラ。——我が子を殺された親の怨みは、それはそれは怖ろしいことよ」

とイヴが愉しげにささやいた。

第六章　救世主の顔

1

瑠々井邸の上空に出た月が、深夜への想いを鏡のようにかがやく表面へ託した頃、添火を肩に担いだ我聞が、死人のような顔と動きで、〝狩り〟から戻ってきた。

この二人に限って、まさか——血相《けっそう》を変えて取り囲む三人の仲間へ事情を説明する前に、瑠々井が現れ、添火を医務室へと執事に命じ、我聞にはついてくるよう促した。

医務室には、東京の大学病院から引き抜いたという医師ひとりと看護師三名が常駐している。

香り高い葡萄酒《ワイン》を注がれ、ようやく顔に生気を取り戻した我聞が、今しがたの怪異な出来事を、半ばほどまで語り終えたとき、看護師のひとりが現れ、診断書を瑠々井に手渡した。

一読、野性味満点な顔の中で、双眸《そうぼう》が凄まじい光を放った。

「強烈な精神的ショックによる人格崩壊——滅多な症状ではないぞ。今までの話で大体のところはわかったが、なぜ君は無事に帰ってきた。——添火は何を見た？」

瞳の力に押されたかのように、抜刀術の天才は顔をそむけた。

「わからねえ」

と呻いた。

「わかりません、だ」

「わかりま……せん……。おれが気がついたとき、奴はあの女と向かい合ってて、ヘナヘナと崩れ落ちるところだったんで……」

こう答えて、我聞は激しく首を横にふった。

海岸での光景が一瞬のうちに脳裡に甦ったのである。

人妻を犯す添火の前にイヴが現れ、いざ手合わせを、と緊張した瞬間、暗い海の彼方から、得体の知れぬ女体が現れた。

武道のレベルが一定の高みに達した者は、多かれ少なかれ第六感——勘が発達する。ましてや、その最高位を極めながら、それをさらに超えた超絶のレベルへ、自らの能力を加えて飛翔してのけた我聞と添火である。どうして向けられた殺気に気づかないことがあろう。

感じた。

それは身の毛もよだつ「気」であった。二人は硬直した。並みの人間なら死ぬか発狂していたかも知れない。

黒い波間を何かがうねくっているのが見えた。超人的な視力のゆえである。

「ダゴン、それともハイドラ？」

声が二人の前を波打ち際へと流れていっても、彼らには信じられなかった。声の主がイヴだったからでは

ない。実に愉しげな声だったからだ。波打ち際で女は足を止め、

「いらっしゃい」

と言った。

波の音がぴたりと熄んだ。波すらも停止したのを我聞は見た。

それは、女の立つ位置から五メートルも離れていない水面であった。海岸は——浅瀬が二、三〇メートルつづく。

直径三メートルもの球体が、どうやって五〇センチもない深さに隠れていられたのか。無数のイボで埋め尽くされた巨大な章魚《たこ》の頭部を我聞は連想した。

身内が震えた。

「見えるか。我聞?」

と右脇で添火の声がした。震えている。我聞にはよくわかった。

「ああ」

と答えた。

「斬れるか、おれが?」

添火が訊いた。

「おまえはどうだ?」

「斬れる――と言いたいところだが、正直、わからんな」

「おれなら、やれるぞ」

「なら、おれも」

背中の薙刀の刃が小刻みに震えている。こいつにもわかるのだ。愛おしかった。未知の敵に出会ったとき、真の戦士なら、恐怖と同時に闘志が燃え上がる。彼はイヴのことも忘れた。相棒に犯された人妻の痴態《ちたい》や課せられた任務、添火の存在さえ失念して、海中のものに鉄矢のごとき意識を集中した。

どちらが先に前進したかはわからない。かたわらに添火がいたような気もする。

黒い天と水が近づいてくるのを、彼は歓喜の渦を全身に広げながら感じた。

右手が肩へとのびる。

はたして、イヴの口にしたダゴンやハイドラの武器は何なのか？

クトゥルー神話の邪神たちが現実のものとなったとき、世界が知識を得るべく最も腐心したのはこれであった。

ある意味で伝統的なホラー小説の手法に則《のっと》ったラヴクラフトの作品は、作中人物の発狂なり死をもって終幕する場合が多い。それをもたらした邪神たちの手段はことごとくあの独特なまわりくどい文章の陰に隠され、読者に提供されることはない。我聞も、それを知りたいと切望したひとりであった。人外の存在を斃せると実感したのは、剣道を習っていた七歳の折《おり》、近所のいわくつきの廃寺《はいでら》で肝試しが行われ、そのとき出現した自殺僧の霊を切断、成仏《じょうぶつ》させた瞬間である。

以来、抜刀術をもっての除霊に励み、現在の境遇を迎えた我聞にとって、敵と化した邪神たちの能力は最も興味を引く、かつ、生死に関わる大問題となった。

にもかかわらず、彼は突進した。波間に蠢く怪物体を目撃した刹那、常人とは異なるＤＮＡを有する染色体は、もはや止めても止まらぬ血のたぎりとともに突撃を命じたのだ。

前方に黒い壁が立ちふさがった。

波だ、と察した刹那、我聞の右手は、ほとんど無我の境地で走った。

本朝抜刀術の開祖・林崎甚助が起こした林崎流抜刀術――その頂点を極めた上で異界の存在を討《う》つ力を加えた新林崎流居合の一閃は、いかに鞘走ったか。

そびえる水の壁が落下する前に、我聞は右手の一刀を右から左へと水平に薙いだ。水の重さは刀身から手首、肩、背へと伝わり、理想的な回転具合を腰と足とに伝達した。

切った――と理解したときにはもう、薙刀の刃は鞘に収まっている。

波は――垂直に沈んだ。どよめきも飛沫もとばさず崩壊し、黒く平穏な海面に広がってしまう。

「へえ」

と感嘆に近いイヴの声が、我聞を正気に戻した。

「大したものね。〝ダゴンの波〟を無《な》してしまうとは。でも、ダゴンの怒りの火に油を注いでしまったわね。

――これからよ」

我聞がその意味を問う前に、波打ち際から三メートルばかりの海面が不意に盛り上がった。

いつの間にか消えていた章魚の頭部が躍り出た――と思ったときにはもう、巨体は波打ち際に地響きとともに落下していた。

衝撃に波が停止、逆流し、堤防の一部が倒壊する。

全長は七メートルを超すと思われるが、正確なところは闇にまぎれていた。

我聞に見えたのは、巨木のような二本の足と、四足獣の後足みたいに歪んだ膝関節であった。

表面は水とイボに覆われ、ゴム状の艶を刷《は》いているくせに、それが鋼にも劣らぬ硬度を備えているのは一目瞭然であった。足首から先はスキューバ用のフィン――あれを一〇倍にしたと思えばいい。ただし、指の先には弦月そっくりの鉤爪が土を裂いている。これがダゴンか。

H・P・ラヴクラフトの商業誌デビュー作といわれる同題の短編「ダゴン」に登場する巨大海神は、ペリシテ人に崇められたと聖書にも載っている。遥か高みにある頭部の内側《なか》で、黄色い光が裂けた。

ダゴンの眼だ――と直感するより早く、我聞は後方へ跳んだ。

波の壁を断った一刀には全身全霊をこめた。新たな技倆全開にはわずかな間を要する。

頭上から横殴りの風が襲った。

ダゴンが手で薙いだのだ。三メートルにわたって地面が裂け、削り取られた土砂が後方へ跳んだ我聞の頭上へ死の灰のように降り注いだ。

勝てるか？

疑問が湧いた。

敵のサイズからすれば、次にかわしてもひと跳びで我聞に追いつく。そのとき――斬撃は可能か？

否。

神は斬れない。

いや――旧支配者ならば。

ダゴンの身体がやや沈むのを視認した刹那、我聞は再び右手を背に廻した。

神の両膝に黒い三日月が生じた。――と見るや、そこから黒い汁が水に投じた墨汁《ぼくじゅう》のように噴出したのである。

我聞の網膜に細い光が束の間、たわんだ。

添火の針金だ。あれが邪神の膝を断ったのだ。

「おれが先だったな」

我聞の左斜め三メートルほどのところで、添火がにっと笑った。

「ダゴンだかハイドラだか知らねえが、でけえ図体しか能のねえ化け餓鬼めが。人間様に逆らったらどうなるのか、いま、その首に思い知らせてくれる」

添火の声は高らかな宣言のようだった。

現に、ダゴンは膝をつこうとしていた。

大地が揺れた。溢れる黒血《こくち》が黒土《くろつち》に溶けていく。

「はっはっは。これがダゴンか。クトゥルーに仕えるものか」

添火は喉を挙げて喚笑した。

その声が突如、驚愕の叫びに変わった。彼の周囲に、黒い影が一斉に立ち上がったのである。

「きさまら——どっから⁉」

添火の声は当然だ。ダゴンと瓜二つでずっと小柄な影は、地面から噴き出たとしか思えなかったからだ。

「奴の血よ」

どこかでイヴの声がした。

ダゴンの流血は砂には吸収されずに水面の油のごとく添火の足下にまで広がっていた。

そこから生まれたのだ。ダゴンの子らが。

ぴょん、と空気が鳴った。

空中に跳んだのは無数の首であった。それを成し遂げた添火の針金も添火自身も、噴き上がる黒い血の奔騰《ほんとう》にかき消された。

「添火」

我聞は、しかし、朋輩《ほうばい》の救援に駆けつけはしなかった。膝をついたダゴンこそ、その目標であった。先駆けの一刀は添火に奪われた。失点は取り戻さねばならない。必ず取る。首を。

その前方に影たちが次々に立ち上がった。

「イェェェェイ」

林崎抜刀術の斬撃は夜を走った。

「イエエエイ」

胴体を両断されたのは、最前列の影ばかりではなかった。十重《とえ》二十重《はたえ》にダゴンを囲む人垣のことごとくが二つに断たれたのだ。

我聞は眼を閉じていた。血煙が入るのを怖れたのである。手足に顔に吹きつける冷たい霧の感触に寒々したものを感じつつ、彼の爪先は砂に食い込んだ。

ダゴンが低く呻いた。怖るべき一撃の気配がそうさせたのか、ぶん、と地を薙いだ鉤爪は空《むな》しく砂地ばかりを掻き切って、ほとんど同時に地上から逆上がりに迸る一光——七メートルの高みで、魚怪の首は黒い血を噴いた。

地面に叩きつけられる滝の奔流から、我聞は三メートルも跳びのいた。その手は三たび、収められた一刀にかかっている。

その背後で不意に、

「仲々やるわね。でも、まだよ」

イヴだ、と知りつつ、我聞はふり向かなかった。言葉の意味が彼にはわかっていた。

眼はダゴンに——耳は海に。

潮が騒いでいた。

「波が退いていくわ」

とイヴの声が言った。

「五メートル、一〇メートル、二〇……あら、もう、二〇〇メートル」

「助けてくれ……我聞……津波がくる……」

地を這うような添火の声であった。

遠くで雷鳴がした。いや——水の音が。

「怒っているわよ、夫を傷つけられた妻が。ハイドラが。お逃げなさい」

「黙れ！」

ふり向きざま、彼は刃をふるった。

手応えはなく、血走った眼の前に、忽然と青白い美貌が立っていた。信じがたいフットワークで、イヴは彼の胸もとへ入り込んだのである。

反転する間もなく、我聞は抱きすくめられていた。

必殺の刃を白い手が押さえていた。

唇が重なった。

その瞬間、我聞は我れを忘れた。イヴの唇は異様な昂ぶりを彼に与えたのである。闘士の精神は法悦の極みで四散し、その膝を砂上に突かせた。

歯列を割って、生あたたかい、管のようなものが、口腔《こうこう》から気管へと入り込んでくる。

「う……ぐぐ……」

それは嘔吐《おうと》の苦鳴《くめい》か、恍惚の呻きであったか。

耳の奥で、我聞は怒濤の絶叫を聞いた。——同時に、心臓にちくりと小さな痛みが走り、管は引き抜かれた。

イヴの抱擁も解けている。——その刹那、よろめきながらも一刀をふるったのは、さすがとしか言いようがないが、空《くう》を切った絶望だけを手に伝えて、彼は砂に手を突いていた。

「私の用は済んだわ」

遠去かりゆく影が言った。

「待て——」

追いすがろうとして、我聞は突如、状況を理解した。

前方にダゴンの姿はなく、添火だけが地に伏している。

怒濤の音が近づいてきた。

朋輩を横抱きにして防波堤を登ったとき、我聞はふり向いた。

彼が見たものは、視界を埋め尽くした黒い水と、その彼方に燐光を放つ夢魔のように浮かび上がった巨大な女の顔であった。

2

我聞の話を聞き終えると、瑠々井は彼を引き取らせ、自分も書斎を出た。

神でも迷子になりそうな、曲がりくねり、入り組んだ廊下を辿って医務室に着いたとき、美月がドアから出てきた。

「どうだった？」

と瑠々井は奇妙な質問を妻にした。

「大層、お疲れのご様子です」

月のような美貌の妻は、少しうつむき加減に答えた。

「そんなことはわかっている。『死霊秘法《ネクロノミコン》』通りかと訊いておるのだ」

「まだ、はっきりとは。それに、私の記憶が確実かどうかは――」

「まだ、間違っていたことはないぞ」

「はい」

「おまえは引きつづき、記憶を甦らせるよう尽くせ。我々の運命を握る秘鍵《ひけん》は、おまえなのだ」

「はい」

一礼して美月は立ち去った。

青白い顔が瑠々井を迎えた。

八百津《やおつ》医師と二人の看護師に会釈し、瑠々井は、

「もうおひとりはどうしました」

と穏やかに訊いた。医者とか学者とかに奇妙な礼を尽くすのが、この傲岸不遜《ごうがんふそん》としか思えぬ富豪の性癖であった。

「体調不良でふせっております。——お許し下さい」

と医師が詫びるのへ、

「とんでもない。私の酔狂《すいきょう》な実験に、わざわざ東京の最高学府を出られたドクトルと看護師さんたちが力をお貸し下さるだけでもありがたい。ゆっくりと養生《ようじょう》なさるよう伝えて下さい。——おや、しかし、先生もこちらの方々も、お顔の色がすぐれないようですが」

「それは——」

医師の表情を凄惨ともいうべき翳がかすめたが、何とか抑えて、

「大丈夫。このところ患者がたてこんで、みな疲れ気味なだけです。ご懸念《けねん》なく——過分な報酬にふさわしい仕事はいたします」

「ひとつ、よろしく。——彼は？」

「奥の病室です。古畑《ふるはた》くん、ご案内を」

大柄な看護師が歩き出そうとするのを止めて、瑠々井は、

「一対一で訊きたいことがありましてな」

と言った。

「実は、私にもひとつ——」

と八百津が意を決したように切り出した。

「何ですかな？」

「ここしばらくつづいておる死亡患者の処置ですが。——本当に当局へ届けていただいておるのでしょうな？」

「何かと思えば——ご安心下さい。先生に迷惑がかかるような処置は決して取っておりません。死亡診断書もついておることです」

「しかし、あれだけの死者が出て、一度も警察の人間がここを訪れないとは——」

「先生、ここは象牙の塔ではありません。外の世界の有様は、皆さんご存知の筈ですぞ。電気、ガス、水道

――文明国と呼ばれた世界で、この三つを満たしている土地がいま、何カ所あるかご存知で？」

「それは――しかし……」

「ご安心なさい」

瑠々井はやさしく、力強く、白衣の肩を叩いた。それから、類人猿を彷彿《ほうふつ》させる顔には似合わないことを口にした。

「今は死者すら安らかに眠れる時代ではありません。ですが、この屋敷で亡くなった者たちはみな、満足はしていることでしょう」

彼が奥のドアを開けて消えると、八百津は、外の空気を吸ってくると言って廊下へ出た。

すぐに看護師たちも出てきた。

「先生――」

堪りかねた、という口調で話し出すのを制止し、医師はポケットから「キリアージ」の包みを取り出し、一本咥《くわ》えるとライターで火を点けた。

どこか澱《よど》んだ照明の下を紫煙が重く流れた。

半分ほど吸い切ってから、

「何だね？」

と看護師たちの方を向いた。

「まだ、ここにいらっしゃるおつもりですか？」

と古畑と呼ばれた看護師が訊いた。名前は未来子《みくこ》という。

「なぜ、そんなことを訊く？　もう嫌になったのかね？」

「ここが普通の家なら、こんなことは申し上げません。看護師の仕事がどういうものか、私も高根《たかね》さんも知っています。どんなに辛くても弱音なんか吐きません」

「わかっている。君たちは東京から実によくやってくれている。こんな時代に看護師になってしまったことを、私は心から不憫《ふびん》に思っているくらいだ」

「ですが、先生、この家は異常です」

と未来子はつづけた。こわばった顔は面のように見える。恐怖の生んだものだ。

「ふむ」

と煙草を口から離してうなずく八百津へ、未来子は首を横にふった。

「いいえ、患者さんがどうこういうんじゃありません。世界がこんな風になってから、もっとひどい傷を負った人や人間ではなくなりかけている人を、私たちたくさん見てきました。そうじゃなくて、この家にいると、何だか私たちまで、人間じゃなくなってきそうな気がするんです」

ついに口にしてしまった——未来子はそう思い、八百津医師の反応を予想した。

彼は痩せ型の顔で、小さくうなずいて見せた。大外《おおはず》れだ。すると、この医師も、わかっていたのだろうか。

「私――見ました」

もうひとりの看護師――高根清美《きよみ》が胸に片手を当てて言った。心臓の具合を探っているようだ。死を招く告白か。

「三日前、トイレに起きたとき、部屋の外から誰かが窺っている気配がしたんです。私、そんなに敏感な方じゃないんですが、そのときは、はっきりわかりました。ドアの外で、誰かがこちらの様子を探っている。私、寝たふりをしました。あんなに心臓の音がはっきり聞こえたのは、初めての経験です」

「それで？」

八百津が促した。

「ドアの開く音がしました」

未来子が息を呑んだ。

「私、死ぬかと思いました。心臓が破裂して蝶番《ちょうつがい》の音がきいきい鳴って、ぷん、と潮の匂いがしました。それから――ぺたりって、足音が」

「入って来たのか？」

「――いいえ、それだけであきらめたようです。すぐにドアが閉じて、気配も消えてしまいました。――先生、私、それから、廊下へ出てみたんです」

いい度胸だと八百津は舌を巻いた。同時にある疑惑を感じた。迫り来る脅威に立ち向かう気力もない女が、そいつがいなくなったとはいえ、いきなり廊下へ出られるものだろうか。

「で、どうしたね？」

清美が口を開く前に、少し沈黙があった。

「廊下はびっしょり濡れていました。潮の匂いと魚市場へ行ったような生臭い匂いがして、でも、それだけじゃありませんでした」

「それだけじゃ、ない？」

八百津は指の間にはさんだ煙草が、フィルター寸前まで燃え尽きているのも忘れた。邸内をうろつく魚臭い匂いを放つ存在には、彼も気づいていた。地下のワイン倉庫近くで、鼻が曲がりそうになったこともあるし、それらしい影を目撃したこともある。だが、奴らだけじゃないとは？

「何だね、それは？」

先生、私、見たんです、と高根看護師は言った。何をだ、とは訊けなかった。

「あいつらの影です。廊下の奥を曲がるところでした。二本足で立って、人間そっくりでしたが、身体は魚みたいに青緑で、びしょびしょに濡れてるんです。でも、それはどうでもいい。私も〝インスマウス症〟の患者は診たことがあります。問題は、彼らの最後尾についていた人《ひと》なんです」

その人間が、奴らの一味だといいたいのか、この娘は？

「この屋敷の人間か？」

「はい」

「――誰だね？」

看護師はその名を口にした。

「――君、我々の他にそれをしゃべったか？」

「いえ。あの――相馬《そうま》さんにだけ」

執事頭の名前だ。

「わかった。緊急箝口令《かんこう》だぞ。いいな？」

「はい」

「先生――どうなさるんです？」

と古畑看護師が訊いた。

「瑠々井さんに知らせなくてはなるまい。――しかし、これは、君……」

ふと、右手の指が熱いな、と感じたとき――

凄まじい絶叫が廊下にまで鳴り響いた。

そろって身をよじるように向きを変え、医務室へ跳び込んだのは、二人きりであった。

「高根さん!?」

ふり向く未来子に、高根看護師は、戸口にしがみついたまま、

「私――怖い。待ってる」

「わかったわ。気をつけて」

未来子は怒りを押し殺した。

病室のドア・ノブに手をかけ、

「君はここにいたまえ」

と八百津は命じた。

「でも――」

「いいから。何があってもおかしくないところだ。危険と見たら、すぐに家を出たまえ」

「わかりました」

不安以外の感情のゆれる顔から眼を逸らし、八百津はドアを開いた。自分に好意を持っている看護師の気持ちがわからないではなかったが、今は眼前の事実を優先すべきだった。

病室には二列に一〇人分のベッドが収容されている。添火のは、いちばん手前だった。その方がすぐ治療できるからだ。

そのかたわらに、瑠々井が立っていた。

患者――添火は、毛布から首だけ出して、ベッドに横たわっている。静かな寝顔であった。それを確かめ、
八百津は、

「瑠々井さん、今の声は？──」

と話しかけて立ちすくんだ。

瑠々井の顔からは、あらゆる表情が消えていた。そんな顔はひとつしかない。──死人だ。

「瑠々井さん⁉」

愕然と駆け寄り、肩をゆすっても反応はなかった。身体は硬直している。

それを反対側のベッドへ横たえながら、二人の看護師の名を呼んだ。

「はい」

緊張した返事があった。古畑看護師のものだ。

「瑠々井さんが変だ。緊急処置を行う──」

必要な器材と薬品を告げて、彼は白衣に収めてある道具でチェックを行った。瞳孔《どうこう》は開いていない。脈拍は──わずかながら、ある。四五、六。体温は三五℃。

死んではいないが、生きてるとも断言はできない。映画にもなったある単語が浮かび、八百津は苦笑した。

〝生ける屍〟──リビング・デッドか。馬鹿らしい。

一体、何が起こったんだ？　あの叫びの原因は？

「古畑くん⁉──高根くん⁉」

まだ来ない看護師の名を呼んだ。

「何をしている？——急ぎたまえ！」

返事はない。音も無し。

ええい、と吐き捨てて、医師はドアへ向かった。

開け放しざま、

「何をしてるんだ⁉」

と怒鳴り、とまどってしまう。

二人の看護師の姿は忽然と消失していたのである。廊下へ出るドアは閉じている。

「何処へ行った、おい⁉」

夢中でドアへと走った。

ノブに手をかけ、開いた。——ドアの方が先に。

八百津が後じさったのはそこに立つ青白い娘の美貌のせいではなかった。吹きつける妖気に押しのけられたといっていい。

娘は彼に目もくれず、奥のドアへと向かった。

待て、という前に、娘の後から入り込んできた美月夫人の姿が制止を止めさせた。もうひとり——サングラスをかけた日本刀持ちがいる。

たったいま、駆けつけてきたイヴの進入を許し、針金遣いに会いたいという彼女の後を追ってきた暮麻であった。

3

イヴはドアを開いた。

男がこちらを向いた。

添火である。前方に突き出した右手の真下に、瑠々井の顔があった。

美月が息を呑んだ。添火の手を見たのである。

肘までパジャマをめくり上げたそれは、青黒い章魚の頭みたいな腫物《はれもの》に覆われていた。

にやりと笑って、添火は拳《てのひら》を握った。腫れはそこにも生じていたにちがいない。

同じ色の汁がひとすじの糸と化して、瑠々井の口許に落ちた刹那、ぴゅっと空気が鳴って、添火の身体は胸から両断された。

二つの残骸を部屋の奥へと蹴とばし、

「焼いてしまいなさい。――すぐに」

と声をかけて、イヴは瑠々井の上に屈み込んだ。

「一体――何が？」

何とか落ち着こうと努力しながら、八百津は脳味噌が狂いはじめるのを意識した。ここは、彼向きの場所ではなかったのだ。

「奥さまを外へ。——あいつはとりあえず、そのサングラスにまかせて」

穏やかとさえいえる口調に、抗し得ないものを感じて、八百津は美月を連れ出そうとしたが、女主人は動こうとしなかった。

「私は残ります。夫はあそこにいるわ。あなたはお医者様ではなくって？」

「とりあえずは役に立ちません。——彼の方をご覧なさい」

非情な物言いはイヴだ。彼女は右手をのばして、暮麻を指した。

そちらを向いて、医師は、あっと叫んだ。美月はかすかに身を震わせただけだった。

暮麻の前に、おびただしい人影が盛り上がっているのだ。

青緑色の無数の瘤《こぶ》で覆われた頭と身体——イヴだけはわかるはずだ。〝ダゴンの子ら〟と。それは、両断された添火の身体から生えていた。

「その男はダゴンの血を浴びた。〝ダゴンの子ら〟はそうやって増える。だからこそ、深海には邪悪な生命が満ち、クトゥルーの従者が絶えることはないのよ」

そちらを見もせずにイヴが言った。

「成程な。——ところで、こいつらは斬れば死ぬのか？」

「斬る人によるわ」

「なら――」

やってみるしかない。暮麻の一刀はよく敵を斃し得るか。

だが、イヴは何をしているのか。相も変わらず、瑠々井を見下ろして、他は気にする風もない。

その身体が不意に沈んだ。

「あっ⁉」

と口許に手を当てたのは、医師ではなく美月だ。なんと、身を屈めたイヴは瑠々井の顔にその唇を押しつけたのである。ただし、唇ではなく、右の眼に。

そして、今度こそ、美月と医師が血も凍る思いを味わったことには、その顔をひょいと上げると、神経繊維もきれいに切断して、眼球だけを吸い取ってしまったのだ。

同時に、空洞と化した眼窩から、青黒い血がどろっと噴きこぼれ、瑠々井の顔を汚した。こぼれる奇怪な血潮は、すぐ、本来の朱を取り戻した。

「ＯＫよ」

満足そうに言うと、イヴはまた唇を近づけ、眼球を眼窩に吹き戻した。

瑠々井が瞬《まばた》きをし、眼球を旋回させるのを見て、

「神経のつなぎもＯＫね。ダゴンの血は特別なルートを辿って流出させるしかないのよ。この人の場合はこ

こ」

「あなた……あなたは一体……?」

それは美月の呻きであったが、八百津医師の精神の声でもあったろう。

「ただの用心棒よ。いまの世界なら、こんな人間、いくらでもいるでしょ」

平然と応じてから、イヴはふり向いた。盲目のボディガード——暮麻の方を見たのである。さして、関心もない風なのが、医師を戦慄させた。すでにそっちの状況に気づいていた彼は、声も出せなかったのである。

部屋の一角は無数の人影で埋められていた。びっしりと並んだ瘤だらけの濡れた人影——あまりひしめき合っているので、青緑の単なる影とさえ見える。その前で、暮麻は魅入られたかのように動かない。

「奥さま——こちらへ」

八百津がかろうじて声をふりしぼった。

「彼は、もう駄目です」

彼の目には、暮麻が呑み込まれる寸前のように見えたのである。

「まだ、愚図愚図しているの?」

イヴが面倒臭そうに言った。暮麻に、である。

「早いところ、始末をつけてちょうだいな」

「外へ出ろ」

「あら。――ご挨拶ね」

「企業秘密ないし、職業的秘匿《ひとく》事項だ。――出ろ」

「はいはい。――ご主人をまかせるわよ、ドクター」

さっさと美月の肩を抱いてドアへと向かうイヴを茫然と見送ってから、八百津はあわてて、瑠々井をベッドから抱き起こし、その後を追った。

ドアを抜けるとき、医師は不気味な一角へ眼をやった。

暮麻の右手がゆるやかに弧を描き、青白い光が濡れた。抜き放たれた刀身であった。

なぜか、彼はドアを閉めた。

イヴと美月がこちらを見つめていた。

診察台の上に瑠々井を寝かせ、

「他の連中を呼びたまえ」

と八百津は提案した。

「要《い》らないわ」

「何故だ。――やられるぞ」

「病気や怪我以外にも頭を使いなさいな。――ほら」

白い顎のしゃくった先――病室のドアの方を八百津はふり向いた。

まさか。

彼に見られるのを待ちかまえていたかのようにドアが開き、暮麻が現れた。ぷん、と肉の焼けるような匂いが鼻を突いた。それ以外、変わった様子はない。

「遅いわ」

イヴが冷たく言った。

「もう年齢《とし》でな。——奥さま、お加減は？」

「平気とは、申し上げられませんね」

美月の声はしっかりしていた。

「ガードとして、忸怩《じくじ》たる思いです」

と一礼する暮麻へ、八百津が喚いた。

「あいつらは、どうした？　追いかけてくるぞ。——わっ!?」

ドアの方へとつんのめって、かろうじて戸口にすがりついて身を支え、八百津は突き飛ばした相手の方をにらみつけた。

「いちいちうるさいわよ、ドクター」

とイヴはぞっとするような眼つきで病室の中を見ろと促した。

催眠術にかけられた気分に近かった。それこそ、怖る怖る、のろのろと悪臭漂う室内へ顔を突っ込み、八八百津は、ひっと洩らした。

部屋のひと隅を埋めていた怪異は、もはや、脅威となるべき性質を備えていなかった。もしも、八百津がラヴクラフトのある著作――「チャールス・デクスター・ウォードの事件」のラストを記憶していれば、脳は自然に次の句を抽出していたにちがいない。

〝そこに酸の必要はなかった〟

焼き尽くす必要はなかった。

〝いまジョゼフ・カーウィンは、床を覆う灰青色の塵《ちり》と変わっていた〟

ダゴンの血から生まれた呪われた子供たちはいま、床を覆う青黒い粘液に変わっていた。

美月は安定剤も拒否して、瑠々井の治療にだけ集中するよう八百津に命じ、ひとりで自室へと戻った。イヴと暮麻が後につづいた。

「主人の容態については、医師《せんせい》よりもあなたにうかがった方が良さそうね」

キャビネットから取り出したブランデーをひと口飲《や》ってから、美月は切り出した。

「ええ」

とイヴ。

「話してちょうだい——暮麻さんなら大丈夫、私と主人が最も信頼している方よ」

「では」

とイヴは気にした風もなく、

「ダゴンの血が少々体内に混入したのはやむを得ません。ご主人は半死者の状態に陥りました」

「半死者、というと？」

「脈拍、体温その他の生体反応がほとんど死者に等しくなり、それでも生きてはいます。ダゴンの子を生むよりはまし、という程度です」

「添火さんは、そうやって？」

「彼も海岸でダゴンの血を呑んでしまったのです。ここへ来る前に発生したダゴンの子らは、複数の共通意識で彼の脳を支配し、ご主人を同じ眼に遭わせようとしました。放っておけば、いつの間にか、この屋敷は青黒い海の子供たちで湧き返っていたでしょう」

「何てことを……」

さすがに、青ざめた夫人の手が下がり、グラスの底がテーブルに当たって固い音をたてた。

「帰って来たのは、添火ひとりじゃないな」

ひとり、立ったまま、壁にもたれかかっていた暮麻が身を翻した。

「我聞なら大丈夫よ」

とイヴが言った。

「しかし、身体中真っ青だった。ダゴンの血を浴びたにちがいない」

「呑まなければ大丈夫」

「いいや」

暮麻の返事は美月をぎょっとさせた。

「おれは、血を浴びただけで奴らの子が生えてきた女を知っている。――なぜ、隠す？」

「別に――」

「答えろ。それから――動くな」

「そんなに気になるなら、我聞をX線にでもかけてみたらいいわ。医務室にあったわね。何ひとつ異常は見つからないはずよ」

「今日明日は、或いはな。だが、三日目は？　一週間後はどうだ？」

「それまでに、すべては解決しているわ。瑠々井さんがどうなるかも含めてね」

「疑わしきは排除せよ、だ」

何か、途方もなく冷たい針金が、二人の首をつないだようだった。暮麻の右手は左手の柄に向き、かすかに五指を曲げていた。この突発的としかいえない戦いに待ったをかけたのは、美月夫人の声であった。

「主人は治りますか？」

勁烈《けいれつ》と言ってもいい雰囲気を崩さず、イヴは静かに、

「私が治療すれば」

「暮麻さん、この方に手を出さないで」

「ハッタリかも知れません」

「そうでないかも知れません。——私は、この世ならぬものを見過ぎました」

夫人のひとことに暮麻の手が柄を離れた。

「うまい手を使うな」

暮麻は壁に戻った。

「私が信用できないのなら、四六時中くっついていたらどう？　ベッドに入ってきてもよくってよ」

イヴはひどく挑発的な言い方をした。

「すぐに治療に取りかかっていただけますか？」

美月は真っすぐにイヴを見つめた。

「主人の試みには刻限があるのです。今日を入れてあと一週間のうちに、すべてを片づけなくてはなりません。七日目の深夜零時を一秒でも過ぎれば、必要な星辰《せいしん》は形を変え、二度と戻りません。それまでに——主人は元の身体に戻らねばなりません」

「一週間ね」

イヴは人さし指で意味ありげに顎の先を叩いた。

「何とかなる、と思いますけれど、正直、ぎりぎりのところです」

「ぎりぎりでは困ります。試みのための手続きは、まだ完了していません。その時間を計算に入れて、待てるのは明日から三日間――」

イヴは肩をすくめた。

「駄目でしょうか？」

「やってみます」

夫人の口元を安堵の影がかすめた。

「感謝いたしますわ。必要なものがあれば何でもおっしゃって下さい」

「それには、まず、ご主人の研究室を拝見させていただきます。余計な手間が省けるかも知れません」

今度は、美しい面貌にとまどいと動揺の翳を刷いて、しかし、美月は、

「承知いたしました」

と答えた。

「では、明日にでも」

「いいえ」

とイヴは立ち上がった。胸もとで不思議な色の石たちが澄んだ音をたてた。

「――これから、すぐに。何とかは急げ、とお国のことわざにありましたわね」

すると、この娘は、やはり異国の人間なのだろうか。ひょっとしたら、誰も知らない国の。

第七章 殺人鬼の時間

1

夜明けまで、少年はまんじりともせずに過ごした。

父ばかりか母まで寝込んでしまったのである。

おまけに、連れてきたイヴは、

「生命に別状はないわ。眠らせておきなさい」

とだけ言い残して、出て行ってしまった。

「冷てえ女だな」

と移木も不平面をしたが、

「大丈夫だよ。お姐ちゃん、何かあったらきっと戻ってきてくれる。それに、小父《おじ》さんが守ってくれるんだろ？」

「お、おお」

トラック野郎は、意外とええかっこしいであった。

「小父さんにまかしとけ。おめえは何も心配しなくていいぞ」

「とはいうもののねえ」

少年は、大人みたいに腕組みして、移木をこけさせた。

「やっぱり、現実は厳しいよな。ここはもう少し、リアルな手を考えないと」

「一体、どーいう手だ、餓鬼のくせしやがって」

「ひとつは――引っ越し」

と少年は人さし指を立てた。

「海の中の奴らが来る前に、遠くへ行ってしまう。でも、行く先が安心とは限らないし、行く当てがない」

「ふん」

「二つ目は――隠れちゃう」

「はン？」

「どっかの地下室とか洞窟に隠れて、あいつらをやり過ごすんだ。そのうちに、お姐ちゃんが帰って来てくれるよ」

「けっ、帰って来たからって、どうなるもんでもねえよ」

と移木は毒づいた。

「この世界の半分は、あいつらのもンなんだぜ。海の底にも空の上にもうようよしてやがる。もう人間にゃあ打つ手がねえ。どこへ逃げたって隠れたって、いずれはあいつらに取っ捕まって食われちまうのさ」

「そーいう悲観的な考えはよくないよ」

と少年は、トラックの運ちゃんを、出来の悪い弟をたしなめる兄みたいに謹厳な顔でにらみつけた。

「人間だって、伊達にこの星の上で主人面して来たわけじゃない。自分たちよりでかくて、凶暴で力も強い獣と戦って生き延びて来たんだ。絶対に打つ手はあるはずだよ」

「いままでが人間の番だったのかも知れねえぞ」

と移木は、何となく言いたくなさそうに言った。

「おれにゃあよくわからねえがよ。——恐竜だの、ゾウリムシの仲間だの、ゴリラの親戚だのも、地球の王様だったんだろ。いつの間にかいなくなっちまった。栄えてるうちは、そいつらも、自分こそ未来永劫、この世界の主だと思ってたんじゃねえのか。それが、おめえ、いまじゃ化石しか残ってねえ。おれには、人間がそろそろおしまいになりかかってるんだとしか思えねえがなあ。次の番が来たんだぜ、きっと」

「絶対にちがう！」

と少年は叫んだ。

その悲痛だとさえいえる声は、移木に大人のいやらしさを逆説的に叩きつけた。

「わかったよ。坊主——その通りだ」

と彼は詫びるように言った。

「人間がそんなに簡単におシャカになっちまうわけがねえ。水爆みたいな代物をこさえながら、自爆もしねえで何とかやってきたんだ。また、何か策を見つけるさ。な」

それは、自分でも信じていない言葉だった。少年を力づける助けにはなったようだ。こわばった小さな顔に、やっと、自信と——勇気が戻ってきた。

「さ、もう眠れ。ご両親はおれが看《み》る」

と移木はやさしく言った。

「でも——」

「いいから」

彼は少年の肩に手を置き、ドアの方を向かせた。

そのとき、

「うっ⁉」

と呻いて前屈みになった。

「どうしたの？」

尋ねる少年に、

「何でもねえ。外を見てくる。おまえ、ここにいろ」

と強い口調で告げ、返事もきかずに部屋の外へ出た。

何ともいえず気色の悪い感覚が、男根の周囲で蠢いていた。イヴの遺した蛇だ。そいつが男根に巻きつき、締め上げ、ある方角へ移動しようとしている。そちらへ行けと命じている。

廊下へ出ると、男根は左へ——浴室の方へと曲がった。

「くそ、おれのは羅針盤か」

ののしっても、動かずにいると、締め上げてくる力の強いの何の。ちぎれるほどの痛みのせいで、一瞬の停滞もなく進まざるを得ない。

ドアの前で、緊縛はぴたりと熄んだ。

なぜ、ここへ？　と首をひねる前に、移木は二つの現象を意識した。浴室のガラス戸の向こうから、そのガラスをこするような音がかすかに聞こえてくる。——同時に、ズボンのジッパーが、徐々に下がっていく。

この二つを関連づける暇もなく、一種の責任感に駆られて、移木は取っ手に手をかけるや、思いきり横へ引いた。

浴室は、先刻、母の菜摘の身体をイヴが洗ったときの湿気が充満していた。

もしも、少年がこの場にいたら、イヴの奇妙な行動を想起していたかも知れない。移木は近づかないよう釘を刺されていたが、少年は浴室へ入ったイヴに呼ばれ、タイルの上に横たわった母に、シャワーを浴びせるよう命じられたのである。のみならず、シャボンとシャンプーで全身を浄《きよ》め、もう一度シャワーでそれを洗い流してからタオルで拭くようにと指示され、少年は眉をひそめた。それはまるで、イヴが無精ものというより、水とかお湯を極端に嫌っている風に見えたからである。

少年が従うと、イヴは、やさしく礼を言い、菜摘にパジャマを着せてから、軽々と抱き上げて寝室へ運んだのであった。

その浴室の窓に、いま、移木は何か平べったい、そのくせ、細長い影のようなものを認めた。

耳障りな音は、それがガラスをこする響きなのであった。

「なんだ、こいつは？」

移木は窓のロックに眼をやった。かかっている。カチリと音がした。影は外にあるにもかかわらず、ロックが外れたのである。移木が身動きもできずにいるうちに窓は開いた。そして、生臭い夜風とともに、紫がかった触手と、それとは別の管状の代物がうねくり入り込んできたのである。

「わお!?」

と後退する移木のかたわらを触手は抜けた。明らかに目的を持ち、その在《あ》り処《か》も知悉している動きであった。

「この」

夢中でひっ摑んだ刹那、移木はぎゃっと叫んでのけぞった。全身が総毛立っていく。何という不気味な感触か。

しゅう、と鳴った。それが、以前、聞いたことのある蛇の威嚇音だと移木が悟るより早く、彼の股間から、開いたジッパーを抜けて青緑の筋が流星のように流れた。

イヴの遺した蛇だ。

それ以前、管の方は、触手とは違って、痙攣みたいな動きをつづけながら、床の上に黄土色の粘塊を吐き出していた。それは、みるみる人間の大人の上半身くらいの塊になり、一部が裂けると、どう見てもそんなはずのない、しかし、眼としか考えられない物体を押し出したのである。

刺客は二匹——いや、一匹と一本か⁉

その塊にイヴの蛇は巻きついた。同時に、そいつの眼の下から、糸みたいなすじが一本走って、床上にひっくり返った移木の左足首に触れた。凄まじい痛みを伴って、そいつは皮膚の下へと潜り込んだ。

吸引される感覚を移木は意識した。全身の血が体液が、問答無用で吸い取られていくのだ。

目に映る光景がぐんぐん遠去かっていく。死ぬのか。

不意に痛みが消えた。世界が戻った。塊に蛇が巻きついているのが見えた。塊の不気味な眼は光を喪《うしな》っていた。

立ち上がろうとして、移木は猛烈な脱力感に捉えられた。激痛の急激な消滅がもたらしたものである。両肘を床に突いて上体を支えるのがやっとだ。

蛇が塊から離れた。どうやら生命の恩人らしい。

はっとした。

敵はもう一本いるのだ。

「助けにいけ」

蛇を叱咤したつもりが、軒下に落ちる雨だれみたいな声しか出なかった。

「駄目なら――咬みつけ」

だが、蛇はあわてた風もなく移木に近づくと、開いたジッパーの内側へ潜り込んでしまった。

「おお⁉」

移木は仰天した。そいつが男根に巻きついた刹那、全身に力がみなぎったのである。

――蛇は大地の豊饒を象徴する神よ。

イヴの言葉が甦った。

「成程、力の素ってわけか」

移木は大急ぎで立ち上がった。その足下で触手が蠢いている。とりあえず、台所から包丁でも取ってきて

――


そう考えた刹那――だしぬけに、触手が跳ね上がった。

「わわっ⁉」

反射的に跳びのいた両膝の裏がバスタブの隅にぶつかり、彼は空っぽの浴槽に後ろ向きに転倒した。

あわてて立ち上がろうとしたところを、底に残っていた水に滑ってまたつっころび、何とか顔だけを出した。

触手は消えていた。

例の塊りは半ば溶け崩れ、眼球も触手もだらしなくタイルの床に垂れ下がっている。蛇の毒にやられたにちがいない。

「窓を閉めなくちゃな」

半開きのドアの向こうに足音と影が近づき、思いきり開いた。少年——剛志は浴室内を見廻し、まず、塊に眼を止めてから、頭だけの移木へ、

「あいつ——何だい？」

と窓の下を指さした。

「敵だ。死んでるよ」

「小父さんがやったの？」

「お、おお」

答えた途端、ぎゃっと叫んだ。男根がちぎれるほどの力で締めつけられたのである。

——この蛇、人間《ひと》の言葉がわかるのか!?

茫然となった移木へ、

「凄いね、小父さん。——でも、何してるんだい？」

「おお——ふ、風呂に入ろうと思ってな」

「へえ——変わってるね」

「それより、パパとママはどうした？」

立ち上がりながら、移木は安堵を感じた。剛志の表情から、怯えや悲惨は窺えなかったのだ。

「大丈夫だと思うよ――」

「何だ、そりゃ？――ま、とにかく、いってみよう」

浴室の窓を閉めてから駆けつけた寝室で、夫婦は安らかな寝息をたてていた。――といっても、寝息は女の方だけで、父親は相変わらずの準死人だ。

居間にいた剛志の耳に、床を這いずる音が聞こえ、生臭い風が吹きつけてきたので、堪らず両親の寝室に駆けつけたら、触手が引っ込んでいくところだったという。その後に跳びこんだが、両親に異常はみられなかった。

「おれの勘だが、二人とも大丈夫だ――眠らせとこう」

移木の意見にも少年は口をはさまず、二人は寝室を出た。

移木の内心の疑問を、剛志が口に出した。

「あの蛇みたいな奴――何もしなかったのかなあ」

「蛇じゃねえよ」

と訂正してから、移木は、それが何気なくだったことに気づいて、ぞっとした。それをふり払うように、

「何もしなかったんじゃあるまい。できなかったんだ」

「どうして？」

「あの姐ちゃんが厄除けしてってたのを覚えてるだろ」

「あ、そーか」

と少年はフィンガー・スナップをきかせ、「やっぱ凄えや。でも——どうやって？」

「わかるかい、そんなこと」

と移木は、露骨な嫉妬心に胸を灼きながら答えた。

2

それは確かに空間であったが、内部にいるものには、到底そうとは納得できなかったであろう。

灰青色の世界は、半透明のうす膜で覆われていた。これは誰にでもわかるのだが、そのくせ、その膜とやらがどのあたりにどれくらいの広さでとなると、五感をどのように働かせても、見当さえつかないのだった。

世界の果ては眼の前でゆれ、或いは想像もつかぬ彼方にそびえていた。世界に時間はなく、かすかな心地よいゆらぎだけが、彼——滑川宇呑の全身を浸していた。

宇呑には理解できないことだが、そこは液体に満たされていた。分子構造からいえば、外の世界では真っ向から否定されるしかない成分の組み合わせなのに、ここでは液体であった。

宇呑は通常の呼吸を行い、何度か排泄も果たしていた。食事はまだだが、空腹は覚えなかった。

いま彼は至福の時間を過ごしていた。これまで彼を庇護してくれていた母に代わって、遥かに強く頼りになる存在の腕《かいな》に抱かれた気分だった。このまま朽ちても少しも悔いはなかったにちがいない。

何処からともなく、声ともいえぬ声が響いてきた。

――オマエマデ………・テキズヲオワサレルトハ……ソノコムスメ……コノセカイノモノデハナイカモシレヌナ……

――サッキモ……オカアサマノウデヲイッポント……ゴエイヲヒトリイカセタケレド……アノオトコヲツレテコラレナカッタ……ソレバカリカ……ゴエイハヤラレ……オカアサマモウデヲ……ウシナッタワ……コノヘンレイハ……シナクテハ……アイツノスジョウ……ワカラナイノ？

――タズネテハミタ……ヘンジハナイ……

――くとうるーサマニモワカラナイ？

――トハカギラナイ

――ドウイウコト？　シッテテダマッテイルノ？

――ワカラン……ワレラガオツカエスルカミノオカンガエハ……フカイ

――くとぅるーサマガダメナラ……

――ヨセ！　ソレハワレワレゴトキガシテハナラナイコトダ

――ソノワレワレゴトキハ……ソノキニナレバ……セカイヲシンカイニシズメルコトダッテデキルノヨ

……アノミサキノシロニイルヤツダッテ

――ヤツハネムリニツカセタ

――ドウシテ……ヒトオモイニ……シズメテシマワナイノ……アイツラバカリデハナク……コノセカイヲ

……

――ワカラン……ワレラニモソウゾウガデキナイクライトオイムカシ……ナンラカノ……ケイヤク……ナ

イシ……ヤクソクガナサレタトイウモノモイルガ……

――ソレハ……ホシボシガクチヲキケタジダイ？……

――ソノハルカイゼンダ

――イッタイ……ダレトダレガ？

――ヒョットシテ……ワタシモナマエシカシラナイ……アノオカタタチガ

――ワカラヌ

――ソンナハズハナイ……ソンナコト……アッテハナラナイノヨ……ワタシタチモ……カミ

――ソウヨンダノハ……ニンゲン……ダ

――デハ……ワタシタチハ……ナンナノ？

――シラナクテモヨイコトニキョーミヲモツナ……

——ナラ……マズアノオンナヲカタヅケルワ……ツヅイテ、アノイエノアルジモ、ワタシノモノニスル

——ヤメテオケ

——エ？

——アノムスメヲタオスツイデニ……ベツノニンゲンモテニイレル……アルイハギャクカ……ドチラニシテモ……アノムスメ……ソノテイドノキブンデカテルホド……アマイアイテデハナイゾ……

——……

——オトコノホウハワスレロ……トルニタラヌニンゲンノヒトリダ……オマエノスルベキハ……マズ……キズヲイヤスコトダ……スベテハソノアトニセヨ……

——アイツハ……ドウスルノ？

——イズレ……ダレカノテデ……

——ダメ………ソレハワタシノシゴトヨ……アイツダケハ……ワタシガシマツスル……ワタシニハジメテ……クツジョクヲアジワワセタオンナ……

——オンナカ……クク……オマエモコノセカイニ……フヒツヨウニナレテキタヨウダナ……ソモソモ……オンナトハナンダ？………オトコトハ？……オマエハドチラダ……ぎる？

——ドチラデモイイワ……アノオンナハ……アイツハ……ワタシガヤル……テハダサナイデ

——ニドトアイツニチカヅイテハナラヌ……コレハ……アノカタノメイレイダ

――マサカ……くとぅるーノカミノ？

――ワカッタナ

無論、以上の会話は人間の声でなされたものではない。脳内に響いたものを、宇呑自身の脳が翻訳したにすぎず、この太ったガードも何ら感慨を喚《よ》び起こさなかった。

会話が終えても、彼は変わらず、至福の浮遊を貪っていたのである。

突如、それは脳内を貫く錐の鋭さで出現した。

宇呑は身悶えし、絶叫を放った。至福の境は地獄に変わっていた。

――父は去《い》ったわ

と痛みがギルの声で言った。

――でも、私は従う気はないの。こういうのを、こちら側では親不孝と呼ぶそうね。今すぐにでも、あいつを八つ裂きにして、あの男も手に入れてみせるわ。そのために――あなたにも協力してもらう

「……嫌だ」

と宇呑は反抗した。至福の気分はまだ鮮明に残っていた。今が地獄だからこそ、それはあまりにも眩しい甘い記憶となって彼の胸を締めつけた。

「嫌だ。……僕は……さっきのままがいい……ママの胸の中で……ずうっと……眠って……いたい……」

——そうはいかないのが世の中よ

とギルの声は冷ややかに告げた。

「あなたをここへ連れて来たのも、いずれ何かの役に立つかと思ってのことよ。早々とそのときが来たようね。ママ大好きの太った坊や」

あの、たとえようもない感覚が宇呑を包んだ。

「ほほ、あなたの欲しいものはこれでしょう。私に従えば、好きなだけ手に入るわ。いつだって、胎児のままでいられるのよ」

痙攣するような刺激が背筋を突っ走り、宇呑は歓びの声を上げた。

——これは、ママじゃない!?

と理解したのも束の間、その快美な刺激に、彼はすぐ納得してしまった。

このままでいたい。あの女の内部《なか》で赤ん坊みたいに浮かんでいたい。もしも、このしあわせをぶち壊す奴がいたら、みな殺しだ。

次の瞬間、宇呑は全力を挙げて射精した。

一九三八年。シカゴ。シンシン刑務所において、史上最悪の連続殺人鬼といわれた男の死刑が執行されようとしていた。

最後の豪勢な食事が出され、教誨師《きょうかいし》と刑務所長、護送官の立ち会いの下で、パンひとかけら、スープひとさじあまさずそれを平らげると、男は長い廊下を歩き出した。数分後には、固い椅子の上で丹念に流される高圧電流が彼の心臓を停止させるはずであった。

「どうだい、ＪＢ、おまえが一二の娘にやったみたいに灼き殺される気分は？」

右隣りの刑務官が苦々しげに訊いた。

「ああ、いい気分だよ。浮き浮きしてくるぜ」

とＪＢ——ジェス・バルドスは笑顔で答えた。その横顔を見ただけで、嘘いつわりのない心情を読み取り、刑務官は口をつぐんだ。嘔吐感がこみ上げたのである。

こいつは、生後三カ月の赤ん坊を生き埋めにしたときでさえ、心底愉しんだにちがいない。捕まえてから一年がかりで現場検証が行われたが、付き合った警官のうち一二人が退職しちまった。

人間がこんなことをやれるなんて我慢できなかったからだ。

それにしても、こいつは一体何人殺したんだ。一応、五四人ってことになってるが、その三倍はいるって噂だ。一体、どんな女の腹から、こんな奴が生まれやがったんだ？　人間は化け物を生むのか？

このとき、廊下に靴音をたてる男たちは、教講師を含めて全員、似たような事を考えていた。例外は所長であった。

一週間ばかり前、自宅を訪問してきたある人物が、その脳裡を占めていた。

ヴァーモント州から来た日刊紙の記者だと名乗ったが、どうして会う羽目になったのかも記憶にない。

右手に黒い鉄製らしい箱を持ち、必ずこちらへ向けていたようだが、まさか、あれのせいで……

「ＪＢの処刑日をお教え願いたいんですよ」

と切り出された。

「そんなこと、答えられるはずがないでしょう」

と言うつもりだったのに、自分は確かに今日の期日を答えていた。

それから、そんなことを訊いてどうするのか、と逆に尋ねると、男は――妙にのっぺりとした顔の、どこか人間よりも人形という感じがしたが――人間の脳を肉体から取り出すと、どれくらい生かしておけると思うかと訊いてきた。

確か子供騙しの空想雑誌でそんな内容を扱った与太話を読んだ記憶があった。

「残った血が一循する間でしょうな」

この答えに、相手ははじめて口もとにうすい笑いを浮かべて、

「ならば、その血が外部から注入される限り、脳は生きていられるということになりますな」

と言った。

「それはまあ。しかし、脳という奴は人間の器官のうちで最も複雑な代物ですからな。そう事は単純には。――現在の医学では、一分たりとも生かしておくことは不可能だと思いますが」

すると、相手は――どこにあんなものを隠していたのか――テーブルの上に、黄緑色の、金属製としかわからない円筒を置いてみせた。直径は約五〇センチ、長さ一メートルほどで、男は軽軽と扱ったが、何かの拍子に所長が手を触れてみると、ずっしりと重く、かなりの力を加えても微動だにしないように思えた。

それからのことは、よく覚えていない。エーテルだの、この円筒はそれを通さないだの、満たした液に脳を漬けておけば保《も》つだの、宇宙空間を飛んで送り届けるだの、意味不明のごたくを並べていたようだが、気がつくと、もういなかった。

妻の話によると、きちんと挨拶して出ていったという。どうして会うことになったのかは、彼女にもわからなかった。唯一、収穫と呼べるものは、妻が別れ際に男が落としたハンカチを拾った際、ミスターと呼び止めたところ、男はエイクリーと名乗った――その名前だけである。

死刑室には椅子が並べられ、マスコミ各社の代表が二〇数名着席していた。稀代の殺人鬼の処刑だけに、刑務所長の方から、記者たちの見学を申し入れたのである。また、記者たちの眼が現実にJBの末路を見届けたという報道がなければ、人心にはなおも――恐らく死ぬまで――不安の澱が残存するにちがいない。

JBの処置について、所長には何の懸念もなかった。処刑房に入れられた彼は、否応なしに伝導体である金具で両手と足、首を固定される。逃亡は、映画かコミックでもない限り不可能だ。後は、彼自身が執行官にスイッチを押すよう命じるまでの生命である。例外は存在しない。これまでも、これからも。

ＪＢが房に入れられるのを見届け、所長は記者たちの方を向いた。一同を見廻し、

「みなさん、本日は――」

声はそこで熄んだ。

所長の視界をひとりの男が占めていた。スーツもネクタイもどこか田舎臭い、のっぺりとした男の顔が。

所長の変異に気づいたか、男はうすく笑うと軽く頭を下げた。

3

ほんの一瞬、気が遠くなった。気がつくと、

「ご苦労さまでした」

と告げたところだった。

記者団も口々に礼を言って、忌まわしい部屋を退出していった。

しばらくの間、所長はその場を動かずにいた。

刑務官のひとりが近づき、その肩を叩くと、彼はへなへなと崩れ落ち、一瞬、ユゴス星――とつぶやいた。

「何ですか、それは？」

と刑務官は尋ねたが、所長は、ぼんやりと、

「何でもない。――それより、滞りなく済んだのかね？」

と訊いた。

「は？」

「いや、いつとき、記憶が錯綜してしまってね。疲れのせいだろう」

「ああ」

と刑務官は曖昧に笑って、

「大丈夫です。処刑もつつがなく済みました。あいつの死に顔――あの死顔だけは見たくありませんでしたがね」

「――どうしたんだね？」

「笑ってたんですよ」

と言ってから、刑務官は、大丈夫ですか？　と言いたげな表情をつくった。所長は眼をそらし、

「死体は正式に処理するんだろうな？」

「もちろんです。安置室の棺桶に収まってますよ。後は葬儀屋が適当なところへ埋葬してくれるでしょう、身寄りはいるんでしょうが、ひとりも名乗り出ちゃ来ません。――所長、どうかなすったんですか？」

「いや、相手が相手だ。少し気になってな」

そう言って、刑務官の顔を見つめると、相手は後じさり、

「それでは、これで」

挨拶もそこそこに去っていった。

ひょっとしたら、所長の訴えたい内容を、誰にでも一生に一度は起きるという超自然的タイミングで察知したのかも知れない。

所長はこう言いたかったのだ。

自分は、あいつを、エイクリーと名乗った男を見た瞬間、信じられない力で、宇宙の彼方にある星に送られた、と。ユゴス星というそこには、宇宙空間内に満ちているエーテルを、翼でもって自在に泳ぎ廻りながら、遥か星々の間を往復している生物がおり、所長の精神はそのうちの一匹に憑依させられ、そいつの眼で、そいつらの生活の一部始終と同時に――一九三八年のある冬の一日、地球という星に存在する北米大陸内の一都市シカゴにおける、人命の法的剥奪をつぶさに目撃したのである。

ユゴス星人は、エーテルの性質と神秘を極限まで追求し得たらしく、後年――いわゆる〝アカシア記録《レコード》〟と呼ばれる厖大な宇宙的記録をも、一部解読に成功していた。

エーテルには、宇宙の全歴史が――過去、現在、未来を問わず――記録され、それを読むものは、まさしく、神の知識を得ることになるのである。

所長の憑依した星人は、どうやら、書庫の管理人らしく、所長は、人間の眼には永劫に触れることのない彼らの知識の結晶を、数組の関節肢を使って読むことができた。全て読み通すのに、地球時間で五〇〇〇年を要した。

一方、彼は同じ生物の眼を通して、彼本来の職場で現在進行中の出来事をも、つぶさに観察していた。

ユゴス星人は、ある目的により、仲間のひとり――外見は、地球の片田舎の郷士だった――を刑務所へ送り込み、記憶を凍結させる精神波動を放つ箱を使って、その日、処刑室にいる全員に、誤った記憶を植え付けたのである。

エイクリー以外の人間たちは、ことごとく、ＪＢの処刑が順調に行われたのを確認した。

しかるに、現実は、彼らが一種の記憶喪失に陥っている間に、エイクリーが処刑房に侵入して、電気椅子に縛りつけられているＪＢの頸部を切断、丸ごと例の円筒に入れて立ち去ったのである。

刑務所内の多くの人間が、首無しＪＢの死体を眼にしたのだが、異変を訴えるものはひとりもいなかった。誰の眼にも、ＪＢの首はちゃんとくっついて見えたからである。

やがて、一五年後、所長は退任し、さらに二一年を経て、心臓麻痺の最期を迎えるのだが、この日の、エイクリーを見つけてから、記者団に挨拶するまでの五〇〇〇年にわたる体験については、ひとことも口外せずに終わるのであった。

夜が明けてすぐ、移木は剛志に、家を出たらどうだ、と提案した。

「あいつら、どうしても親父さんを連れさらうつもりだ。なら、おまえの言う通り、手の届かねえところへ連れてった方がいい。お袋さんも、昨日から具合が悪いらしい。何があったかは知らんがよ」

それに対して、少年は、実に筋の通った反論を為した。

「どこかに安全な場所があるのかい？」

移木はぐうの音もでなかった。

早朝の——珍しく映った——テレビ・ニュースは、シャンタク鳥により、九州上空で二機の自衛隊機が撃墜された旨を告げていたし、駿河湾《するが》、竜飛《たつぴ》岬周辺では、奇怪で大規模な地震が相ついでいた。地球的規模から見ても、喜望峰の沖合五キロの地点で、全長二〇キロにも及ぶ大海洋生物が目撃されており、ヒマラヤに存在は確認されているのだが、四季を問わぬ猛烈な吹雪のため人跡未踏の台地——一説に〝レン〟と呼称される——からは、連日連夜、奇怪な、祈りとも取れる咆哮が鳴り響き、ついに、Ｋ２の北壁を倒壊させるに到った。

「もっともだ。——無えやな」

とあきらめかけたものの、たとえ、近くの空き家でも、ここにいるよりはましとの考えは揺るがず、

「よっしゃ、ちょっくら」

と移木は隠れ家探しに出かけることに決めた。

「どこ行くんだよ？」

と剛志がさすがに不安そうだったから、

「近くへ散歩だ」

とだけ言って、家を出た。陽光は燦々と降りそそぎ、ちょっと見には怪異が潜んでいる風になど見えない。意外と空き家は少なく、それでも、二、三〇〇メートル山腹寄りに手頃なのを一軒見つけて、はて、一晩でもここにするか、後は岬の城へ出向いてイヴに相談しよう、と決めかけたとき、右手の方に神社らしい建物の屋根が、木立ちのてっぺんからのぞいていた。

「役に立たねえ神さんかよ」

罰当たりな台詞を吐き吐き近づいてみると、意外に立派な、総檜造りと思しい建築群が現れた。神主がいないのは、すぐわかった。全体に荒涼感が漂い、社務所の扉は傾き、窓ガラスは破れたままである。拝殿の大鏡も板の間で砕け散っていた。

「へえ」

と感心していると、だしぬけに、股間がぎゅっと、凄まじい力で締めつけられた。

「ぎえ!?」

くびり落とされそうな痛みに声も出ず棒立ちになる視界の隅を、このとき、白い影が横切った。

社務所から、巫女の姿をした娘が現れ、裏手へ廻ったのである。

「何だ、ありゃ？　後を——尾《つ》けないようにしよう」

と帰りかけると、またもや、ぎゅっときて、身体は強引に、巫女と同じ方角へと歩き出した。

「あ痛《っ》々《っ》あ痛《っ》々《っ》」

と言いながら社務所を廻ると、広い裏庭が迎えた。

落ち葉が敷きつめられたその端から、山腹へと石の道がのびて、木立ちの間に消えている。さいわい——

白い娘は、そのすぐ手前を歩いていた。

「おい、姐ちゃん——」

声をかけた瞬間、娘は前のめりに倒れた。ややカーブした地点で、腰から上は木立ちの向こうに隠れた。

移木がすぐ駆けつけなかったのは、その寸前、こちらをふり向いた娘の顔を見たためだ。

まさか——イヴだとは。

「お、おい!?」

思わず声をかけたときにはもう、白い娘は石の道の上にうつ伏せており、次の瞬間、まるで、何かに引っ張られでもするみたいに木立ちの彼方へ吸い込まれてしまった。

「何なんだよ、一体？」

訳もわからず、しかし、救助への義務感に駆られて、移木は走り寄った。ひと足ごとに右腕の肘が痛んだ。

イヴの消えた位置から前方へとのびる石の道が見通せた。

「はン⁉」

思わず口走った。道は蛇のように蛇行していたのである。

どういう神社か、これは？

背すじに冷たい水が通るのを感じながら、移木は歩き出した。

道の左右にはところどころ鬱蒼たる木立ちと枝がさし交わして、やがて、その奥に山肌が迫ってきた。

傾いた鳥居が眼に入った。石の道はそこへつづいている。後ろはすぐ山肌だ。

「南無阿弥陀仏《なむあみだぶつ》」

鳥居の下をくぐるとき、眼を走らせると、かなり古いものだとわかった。何度も塗り替えているらしい表面の彩色は半ば剥げ落ち、下の木肌には虫喰いの痕が点綴《てんてつ》している。

イヴの名を呼ぶのも何故かはばかられて、移木は前を見た。

山肌に木の祠《ほこら》みたいなものが象眼されている。

このちっぽけな神社の神の安息の場所らしい。イヴの姿はどこにも見えなかった。

参拝の趣味はない。帰ろうかと思ったとき、音がして、ふり向いた。破壊音だった。祠が崩れたのである。

ひなびた木片が山肌を滑って、敷きつめられた石の上に落ちた。

「ど、どうした？」

移木が引き返したのは、好奇心もあったが、このときすでに、自身もわからぬ力に魅了されていたからだ。彼は祠に近づき、その内側を覗き込んだ。山はごつい岩肌であったが、窪みの奥にひとすじ、亀裂が走っているのが見えた。

そこに触れる理由は何もなかったが、移木の手はのびた。

そして──

二時間ほどして戻ってきたトラックの運ちゃんの顔を見て、剛志は眉をひそめた。疲労困憊のただ中に不可思議な微笑が浮かんでいたからである。

「どうしたの？」

移木は答えず、逆に、

「あの裏山の神社な──あそこには、どんな神さまが祀ってあるんだ？」

と訊いた。

「裏の──？」

少年は少し考え、

「ああ。白蛇さまだよ」

さして嫌悪の風もなく答えた。

「鎌倉時代に、大陸の方から大章魚のお化けが襲ってきたとき、この村を守ってくれた大蛇がいたんだって。白蛇さま。小父さん行ってみたの？　道が曲がってただろ？」

「あそこの神社に人は住んでいるのか？」

「ううん、何年も前から無人だよ。おれたちが越してきたときにはもう誰もいなかったぜ」

「成程な」

移木はぼんやりと視線を宙にさまよわせ、

「まあ、いい。——ところで、絶好の隠れ家を見つけた。とりあえず、引っ越すぞ」と告げた。決して激しくも高圧的でもない口調であったが、剛志は異議を唱えることができなかった。

「先にご両親を運ぶ。生活に必要な品は後から取りに来ればいい。お袋さん、動けるか？」

「うん、さっき、眼を醒ましたけど、どうかなあ」

さいわい、菜摘はすぐに動くことができた。移木の提案には家を捨てるという点で難色を示したが、また、海からの者どもが来ると言われ、結局は受け入れた。

移木が父を背負い、母と息子がとりあえず必要な品を詰めた旅行鞄とリュックを手に、家を出ようとしたとき玄関の方で人の足音がした。


（下巻に続く）

あとがき

『ＹＩＧ』というタイトルだけで、笑いと思い出がこみ上げてくる。

副題もルビもない。アルファベット三文字だけのノベルスである。確かめてはいないが、ノベルスとしては空前絶後ではないか。光文社もよくＯＫしてくれたものだ。

二二年前の話なので、細かい部分は忘れてしまったが、多分、作家歴も一五年に近く、ネタ切れに陥っていたのかもしれない。

私のクトゥルー作品歴はかなり古く、最初の『妖神グルメ』は一九八四年六月に出ている。処女作『魔界都市〈新宿〉』（一九八二年九月）の約二年後で、一〇冊目にあたる。

つまり、作家になる以前からクトゥルー神話に親しんでおり、〝ヴァンパイアハンターＤ〟と〝エイリアン〟という今なお書き継いでいるシリーズものを手がける前の、単独作品としてペンを執ったものである。当時、クトゥルーを扱った作品といえば、我が大学の後輩・風見潤の『クトゥルー・オペラ』四部作と栗本薫の『魔界水滸伝』くらいしかなく、後に後者はあまりにも詰らなくて、一巻目の途中で放り投げた記憶がある。

『ＹＩＧ』の前にも何冊か出していたかも知れないが、こちらは記憶にない。

クトゥルーとヨグ＝ソトホースは、ラヴクラフトの原典中でも両巨頭というべき存在だが、私はこの両者を敵対するものとして使用することが多い。同じ創土社から発売中の『ヨグ＝ソトース戦車隊』（二〇一四年五月二四日）がその典型である。何故こうなったかというと、『クトゥルーの呼び声』『ダンウィッチの怪』という代表作を持つ我が国で最も有名な神々だからである。クトゥルー神話界の二大アイドルと言ってもいい。アイドル同士というのは仲が悪いのが通り相場だから、彼らもそうなった（と思う）。手に手を取って地球制覇を目論まれたら、さすがに手の打ちようがない。

『ダンウィッチの怪』によると、クトゥルーはヨグ＝ソトースの気配しか窺い知ることの出来ぬ存在と記されており、これを基に、ヨグ＝ソトースに比して〝取るに足らぬ〟と評価する向きもあるようだが、単に眼が悪いだけかも知れないので、私は互角と扱っている。信者の奴を見てもクトゥルーが圧倒的であり、人を惹き付ける魅力を備えているに違いない。彼を任侠映画の大親分とすれば、ヨグ＝ソトースは、凄まじい実力を秘めた孤高の旅鴉というところか。

『ＹＩＧ』を書いたのは、まだ仕事が忙しかった頃で、ノベルス一段組みである。三〇〇枚あるかどうかだろう。それでも、私流のヒロインを主人公にしてクトゥルーものということで、なかなか頑張ったらしい。文章にもパワーが溢れている。

クトゥルー神話が現実の物語だろうという設定だと、ラヴクラフトの原典やエピゴーネンをどう扱うかという問題がある。

大概は、ラヴクラフトに特殊能力があって、全ては現実の出来事を記したのだとしてしまう。あれこれ悩んだ挙句、今回もそうした。

二二年前は、私も体力的に自信があったし、ノベルスを含む小説界全般が元気印だったと思うのだが、『YIG』は次作で中断している。それを言い渡された記憶もない。すると、売れ行きが悪く、出版社にも三作目と言わず、私もその辺を察して、続行を主張しなかったものだろう。出版不況はもう現れていたのかも知れない。

結構マニアの評判もよく、何人もに次作をとせっつかれて来たが、今回完結の機会を得ることが出来て、胸のつかえが取れた気分である。本作と続く完結編をどうぞお楽しみ下さい。

二〇一八年六月末日
『魔界世紀ハリウッド』(94)
を観ながら
菊地秀行

＊初出一覧（編集部より）
『YIG　美凶神1』……光文社カッパ・ノベルス（一九九六）
『美凶神　YIG2』……光文社カッパ・ノベルス（一九九六）

《主な登場人物》

イヴ　艶やかさと凄惨さを併せ持つ謎の美女。の移木に三鬼蛾《みきが》の町へ案内するように依頼する。

移木《うつりぎ》　年の割にやや老け気味の顔が印象的なトラックドライバー。二五歳。

瑠々井　栄作　王港岬の突先に建つ〝城〟と呼ばれる洋館の主人《あるじ》。幼少時から黒魔術や占星術を研究してきた。八〇歳。

瑠々井　美月　栄作の妻。

滑川宇呑《なめかわうどん》　トレンチに身を包み、巨大なだるまのような肥満漢。その顔には幼児の面影がある。凄まじいを気を放ち、驚異的な速さで移動する。破魔矢を武器として使う。

暮麻《くれま》　忘《ぼう》　漆黒のコートをまとった青白い盲目の剣士。背まで垂れた総髪と黒いサングラス、その左手には黒鞘の日本刀が握られている。

ベルダン男爵　精神科医の老人。Ｆ・Ａ・メスメルの末裔。一五〇センチもないような短躯で、白髪、黒縁の眼鏡をかけている。眼を深緑に輝かせる催眠術〝偽眼〟を駆使する。

稲城《いなぎ》　野戦用の迷彩服を着た男。自動拳銃ブローニングＨＰ《ハイパワー》を千分の一秒で早抜きする。

添火《そえび》　長髪、細身の若者。やや長めの毛皮の上衣の肩に二、三〇キロはありそうなワイヤーの束を掛けている。そのワイヤーを糸を操るように繰り出して敵を斃す針金遣い。

我聞《がもん》　薙刀の柄を半ばから断ち切って一メートルほどにした武器を背負っている。四〇前後。ジーンズ・パンツの上に丸首セーター、その上にジーンズのベストを羽織っている。林崎流新抜刀術の斬断に念力《サイコキネシス》を加え、実体なき刃を敵に叩きつける。

ジョン・W　二メートル近い長身の黒人。金糸の刺繍を施した革コートに身を包み、流暢な日本語を話す。

立花　敏男　三鬼餓の町の住人。妖物化の波が町を襲ってから半年も経たないうちに〝インスマスの住人〟と化す。

立花　菜摘　敏男の妻。

立花　剛志　敏男、菜摘の子供。一〇歳。

ギル　のっぺりとした美貌と黒い髪、白い衣裳に身を包んだ妖艶な女。

人物相関図

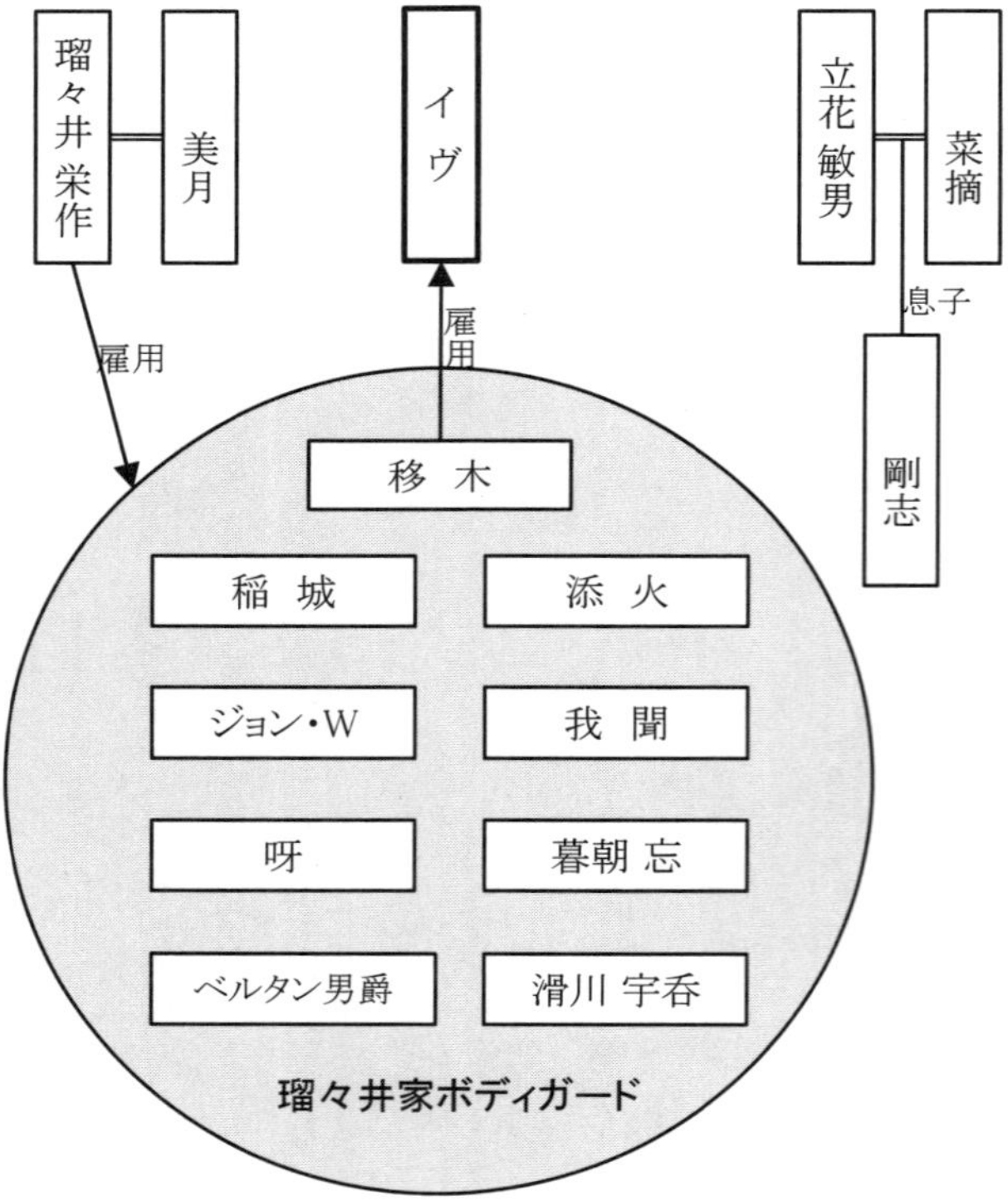

＊人物紹介、人物相関図におきまして、大野博之氏にご協力いただきました。

クトゥルー・ミュトス・ファイルズ
The Cthulhu Mythos Files

美凶神　YIG　上

新装版

2018年7月25日　第1刷

著　者
菊地 秀行

発行人
酒井 武史

カバーおよび本文中のイラスイラスト　石居 理佳

発行所　株式会社　創土社
〒165-0031 東京都中野区上鷺宮 5-18-3
電話 03-3970-2669　FAX 03-3825-8714
http://www.soudosha.jp

印刷　株式会社シナノ
ISBN978-4-7988-3047-6　C0093
定価はカバーに印刷してあります。

『美凶神　YIG　下』
（菊地秀行）

2018 年 8 月下旬、
いよいよ完結！